머더봇 다이어리

로그 프로토콜

머더봇 다이어리
로그 프로토콜

ROGUE PROTOCOL:
THE MURDERBOT DIARIES

마샤 웰스
고호관 옮김

차례

⊘

⊘

1

봇이 조종하는 수송선과 엮여서 운이 좋은 적이 없었다.

첫 번째 수송선은 다른 속내 없이 내가 모아놓은 미디어 파일을 공유하는 조건으로 나를 태워주었고 자기 할 일에만 충실해서 짐꾼봇 수준 이상으로 의사소통을 해야 할 일이 없었다. 여행 내내 나는 혼자서 미디어를 즐길 수 있었는데 딱 내가 원하는 바였다. 그 바람에 나는 봇 화물선이면 다 그럴 거라 생각하는 나쁜 버릇에 빠져버렸다.

그 뒤에 재수 없는 연구용 수송선(ART)를 만났다.

ART의 공식 명칭은 심우주연구선이다. 우리 사이에는 여러 가지 일들이 있었다. ART는 나를 죽이겠다고 협박한 적도 있고, 내가 가장 좋아하는 드라마를 함께 본 적도 있고, 내 몸의 형상을 바꾸어주기도 했고, 뛰어난 전술 보조 역할을 하기도 했고, 나를 증간 인간 보안 자문인 척 가장하게 만들기도 했고, 내 고객의 생명을 구하기도 했으며, 내가 어쩔 수 없이 인간 몇 명(나쁜 인간들이었다)을 죽였을 때 뒤처리를 해주기도 했다. ART가 정말 그리웠다.

그러고 나서 만난 게 이 수송선이었다.

이 녀석도 봇 수송선으로 승무원은 없었지만 승객이 있었다. 대부분 인간과 증강인간으로 이루어진 숙련공으로 단기 계약에 따라 환승 정거장을 오가는 무리였다. 내게는 그다지 이상적인 상황이 아니었지만 나와 방향이 같은 수송선은 이것뿐이었다.

ART는 안 그랬지만, 봇 수송선이 대부분 그렇듯이 이 녀석도 이미지를 이용해 의사소통했으며 내가 가진 미디어를 복사해주는 조건으로 나를 태워주었다. 승객 목록은 누구나 피드에서 볼 수 있었기 때문에 나는 혹시 누가 확인할 경우를 대비해 여행하는 동안 나를 목록에 올려달라고 부탁했다. 승선 서류에 직업을 입력하는 난이 있었는데 나는 잠시 어쩔 줄 몰라 하다가 보안 자문이라고 이야기했다.

수송선은 그 말이 나를 선내 보안 요원으로 활용해도 된다는 뜻이라고 생각하고 승객들 사이에서 벌어지는 일들을 내게 알려왔다. 나는 또 바보같이 그에 응답했다. 아니, 나도 왜 그랬는지 모른다. 어쩌면 내가 그렇게 만들어졌기 때문이고 내 유기물 부분을 제어하는 DNA에 그렇게 쓰여 있기 때문일지도 모른다. (그럴 경우 "당신의 요청은 받았으나 무시하기로 결정했습니다"라는 뜻의 오류 코드가 있어야 거부가 가능하다.)

처음에는 꽤 쉬운 일이었다. ("한 번만 더 그 여자를 귀찮게 하면 당신 손과 팔에 있는 뼈를 모조리 부러뜨려버리겠어. 아마 한 시간 정도 걸릴 거야.") 그런데 서로 친하던 승객들끼리도 싸우기 시작하면서 일이 점점 더 복잡해졌다. 나는 상당한 시간을(저장해놓은 엔터테인먼트 미디어를 보고 읽을 수 있는 귀중한 시간을) 관심도 없는 싸움을 중재하며 보냈다.

이제 여행은 마지막 주기에 이르렀고 우리는 어떻게 해서인지 모두 살아있었다. 나는 머저리 같은 인간들이 또다시 벌인 싸움을 말리러 식당으로 향하는 중이었다.

수송선에는 드론이 없었고 시야가 제한된 보안카메라만 있었다. 나는 사람들이 주방과 식당 안에서 어느 위치에 있는지 모두 파악한 상태로 문을 열었다. 나는 소리 지르는 인간과 뒤집힌 식탁과 의자 사이로 난 미로를 성큼성큼 걸어가서 싸우는 당사자들 사이에 섰다. 한 명은 식기를 무기처럼 들고 있었는데 그의 손가락을 뜯어내버리지 않을 정도로 신중하게 살짝 비틀어 그것을 빼앗았다.

보안 자문이라는 사람이 박차고 들어와 한 명을 무장 해제하면 다들 소동을 멈추고 이 상황에서 무엇이 가장 우선인지 다시 생각해볼 것이라 생각한다면 오산이다. 두 사람은 비틀거리며 물러섰지만 여전히 상대를 향해 욕설을 퍼부었다. 나머지 인간들은 싸우는 당사자들을 향해 욕설을 퍼붓다 말고 나에게 어떻게 된 건지 각자 이야기를 하려 했다. 내가 외쳤다.

"다들 닥쳐!"

(구성체인 보안유닛이 아니라 증강인간 보안 자문인 척할 때의 장점은 인간에게 닥치라고 할 수 있다는 것이다.)

다들 입을 다물었다.

이윽고 아이레스가 여전히 거칠게 숨을 쉬며 말했다.

"린 자문관, 다시는 여기에 오고 싶지 않다고 말했던 것 같은데—"

다른 인간인 엘빅이 영화라도 찍듯이 손가락질했다.

"린 자문관, 저 녀석이 하는 말이—"

라비하이랄에서는 에덴이라는 이름을 썼지만 이 수송선의 승객 목록에는 린이라고 올려두었다. 나는 라비하이랄 환승정거장의 보안업체가 그 신분을 개인 셔틀에서 일어난 갑작스러운 죽음과 연관 지을 리 없으며 설령 그렇다 해도 계약을 맺지 않은 한 관할 구역 밖까지 추적하지는 않으리라고 거의 확신했다. 하지만 그래도 바꾸는 게 나을 것 같았다.

다른 인간들도 식탁과 급조한 의자 바리케이드 뒤

에서 나와 끼어들기 시작했다. 삿대질과 고함이 이어졌다. 전형적인 일이었다. (엔터테인먼트 피드에서 드라마를 내려받아 보지 않았더라면 나는 인간 대부분이 삿대질과 고함만으로 의사소통한다고 생각했을 것이다.)

객관적으로는 26주기가 걸린 여행이 주관적으로는 적어도 230주기는 걸린 느낌이었다. 나는 갖고 있던 시각 미디어 전부를 어느 화면에서도 틀 수 있도록 승객이 접속할 수 있는 수송선 시스템에 복사해두었다. 덕분에 가능한 한 덜 소란스럽게(애나 어른이나) 만들 수 있었다. 그리고 내가 처음으로 어떤 인간 하나를 한 손으로 벽에 올려붙이고 규칙을 명확하게 밝힌 뒤로는 싸움이 극적으로 줄어들었다. (첫 번째 규칙: 보안 자문관 린을 건드리지 않는다.) 그렇게 했더라도 나는 인간들이 털어놓는 문제나 서로에 대한 그리고 자기를 엿 먹인 여러 기업에 대한 그리고 존재 자체에 대한 불만을 가만히 듣고 있어야 했다. 그건 정말 괴로운 일이었다.

이번에 나는 말했다.

"난 관심 없어."

다들 다시 입을 다물었다.

내가 말을 이었다.

"이 수송선이 정박하기까지 기껏해야 여섯 시간 남았어. 그 뒤에는 서로 무슨 짓을 하든 내 알 바 아니라고."

효과가 없었다. 인간들은 그래도 무엇 때문에 싸움이 일어났는지 내게 말했다. (지금은 기억이 나지 않는다. 나는 식당에서 나오자마자 그 기억을 삭제했다.)

다들 성가시고 근본적으로 모자란 인간들이었다. 그렇다고 죽여버리고 싶은 정도는 아니었다. 그래, 어쩌면 조금은.

보안유닛의 임무는 고객이 죽거나 다치지 않게 보호하고 서로 죽이거나 다치게 하는 등의 행동을 하지 못하도록 점잖게 만류하는 것이다. 왜 서로 죽이거나 다치게 하는 등의 행동을 하는지는 보안유닛이 알 바 아니었다. 그건 인간 관리자의 일이었다. (아니면 프로젝트 전체가 거대한 난장판이 되고 보안유닛은 그저 우연히 대규모의 폭발적인 감압이 일어나 모든 게 편안해지기만을 기원하는 상황이 될 때까지 문제를 무시하고 있거나. 내가 경험했다거나 해서 하는 소리는 아니다.)

그러나 이 수송선 안에는 관리자가 없고 오로지 나뿐이었다. 비록 다들 그런 분노와 불만이 비니고나 에바가 유사 과일 식품 하나를 더 먹은 일 때문에 생긴 척하고 있었지만 나나 그 인간들이나 수송선의 목적지가 어디인지 알고 있었다. 그래서 나는 이야기를 많이 들어주었고 주방 화장실 싱크대에 크래커 포장지를 버린 게 누군지 찾아내기 위해 대대적인 조사를 하는 척하곤 했다.

인간들은 어느 거지 같은 행성의 노동 시설로 가는 중이었다. 아이레스가 그들 모두 2년 동안 일한 뒤 끝날 때 큰돈을 받기로 하고 인적 노동력을 팔았다고 알려주었다. 아이레스도 그게 끔찍한 거래라는 사실을 알았지만 다른 선택지보다는 나았다. 노동 계약에는 거주지가 포함되어 있었지만 다른 모든 것, 예를 들어 먹은 식량이나 사용한 에너지, 예방을 포함한 의료에 대해서는 일정 비율을 차감했다.

(나도 안다. 일전에 라티가 구성체를 이용하는 건 노예 제도와 다름없다고 말했지만 적어도 나는 회사에 수리나 관리,

탄약, 장갑에 대한 비용을 낼 필요가 없었다. 물론 보안유닛이 되고 싶냐고 내게 물어본 사람은 없었지만 그건 완전히 다른 비유다.)

(기억할 것: 비유의 정의를 찾아보자.)

나는 아이레스에게 20년을 행성 달력으로 계산하는지 아니면 행성을 관리하는 회사의 달력이나 코퍼레이션 림이 권장하는 표준 달력으로 계산하는지 물어보았다. 아이레스도 모르고 있었고 그게 왜 중요한지도 이해하지 못했다.

그래서 내가 이들 중 누구에게도 애착을 갖지 않으려는 것이다.

선택의 여지가 있었다면 나는 결코 이 수송선을 고르지 않았을 것이다. 하지만 내 다음 목적지로 연결되는 환승 정거장으로 가는 게 이것뿐이었다. 나는 코퍼레이션 림 바깥에 있는 밀루라는 곳으로 가려는 중이었다.

라비하이랄을 떠난 뒤에 내린 결정이었다. 일단은 재빨리 움직여서 그 환승 정거장에서 가능한 한 멀리 떨어져야 했다(전 이야기에서 내게 몇 명이 죽었는지 찾아

보시라). 나는 가장 먼저 호의를 보인 화물선을 잡아 타고 72주기를 간 뒤 혼잡한 환승 허브에 내렸다. 혼잡하면 숨어들기 쉽다는 점에서는 좋았고, 온 사방에서 인간과 증강인간이 나를 쳐다본다는—그건 지옥이었다—점에서는 나빴다. (아이레스와 다른 인간들을 만난 뒤로는 당연히 지옥에 관한 내 정의가 바뀌었다.)

게다가 나는 ART가 그리웠다. 심지어 타판과 마로와 라미까지 그리웠다. 만약 여러분이 인간을 돌봐야 할 일이 있다면 친절하게 대해주며 목숨을 구해준다는 이유로 여러분을 우러러보는 작고 연약한 인간을 돌보는 게 더 낫다. (내가 증강인간인 줄 알고 있었기 때문에 나를 좋아했던 것이겠지만 원하는 대로 다 가질 수는 없는 법이다.)

라비하이랄을 떠난 뒤 나는 딴짓하지 말고 코퍼레이션 림을 벗어나기로 했다. 어느 경로로 움직일지 계획을 짜야 했다. 수송선 안에서는 필요한 일정과 피드에 접속할 수 없었다. 하지만 정박하고 나자 정보가 쏟아져 들어와 전부 살펴보려면 시간이 좀 필요했다. 더구나 이 허브에 내린 지 22분밖에 되지 않왔지만 나는 벌써 조용히 시간을 보내고 싶어 안달이 나 있었다. 그래서 자동화된 휴게 서비스 센터로 들어가 내 새로운 선불카드에 들어 있는 돈을 조금 써서 개인휴식용 칸막이방을 빌렸다. 딱 배낭을 내려놓고 누워 있을 수 있는 정도의 크기였지만 그 정도면 수송용 상자처럼 애매하게 편안했다. 나는 계약에 따라 화물로 실려 다니면서 수송용 상자 안에서 혼자 많은 시간을 보냈다. 난 인간은 정말로 피곤해야 이런 곳에서 비명을 지르지 않고 쉴 수 있다고 생각했었다.

일단 자리를 잡자 나는 정거장 피드를 확인해 델타폴과 그레이크리스에 관한 최신 뉴스를 찾아보았다. 거의 즉시 관련 기사들이 보였다. 소송은 진행 중이었고 진술이 이어지고 있고 기타 등등. 내가 라비하이랄을 떠난 뒤로 그다지 달라진 것 같지 않았다. 불만스러웠다. 누구도 언급하려 하지 않는 그 성가신 보안유닛은 여전히 실종 상태였다. 그 점에 관해서는 만세였다. 언론이 누군가 나를 숨겨주고 있다고 생각하는지 아닌지는 알기 어려웠다. 내가 혼자서 떠돌아다니고 있다고 여기고 싶지는 않은 것 같았다. 그러다 6주기 전에 올라온 멘사 박사의 인터뷰를 발견했다.

멘사 박사를 다시 보자 뜻밖에도 기분이 좋았다. 배율을 높여 얼굴을 자세히 보니 피곤한 기색이었다. 배경만 봐서는 멘사가 어디 있는지 알 수 없었고 인터뷰 내용을 재빨리 훑어봐도 장소에 관한 언급은 없었다. 나는 멘사가 보존 연합에 돌아가 있기를 바랐다. 만약 아직도 자유무역항에 있다면 괜찮은 보안업체와 계약했기를 바랐다. 그러나 멘사가 보안유닛에 관해 어떻게 생각하는지("그건 노예제도야" 운운하는 이야기) 알고 있는 나로서는 그랬을 거라고 생각하기 어려웠다. 내 피드에 의료시스템이 없어도 나는 멘사의 눈 주위 피부 변화로 보아 그가 만성 수면 부족임을 알 수 있었다.

나는 살짝 죄책감을, 말하자면 그에 준하는 감정을 느꼈다. 뭔가 잘못되어 있었다. 나는 그게 나와 상관없는 일이기를 바랐다. 내가 탈출한 건 멘사의 잘못이 아니었다. 알다시피 대량 살상 전력이 있는 폭주한 보안유닛을 아무것도 모르는 인간들 속에 풀어놓은 책임을 멘사에게 지우려 들지 않기를 바랐다. 당연히 그건 멘사가 의도한 게 아니었다. 멘사는 나를 보존 연합으로 보낸 뒤 그곳에서 뭐랄까 문명화시키거나 교육하거나 뭐 그런 일을 할 생각이었다. 자세한 내용은 나도 잘 몰랐다. 내가 분명히 아는 건 보존 연합에는 보안유닛이 필요 없다는 사실과 그들이 생각하는 것처럼 보안유닛을 자유인으로 간주한다는 건 내게는 인간 '보호자'가 생긴다는 것을 뜻한다는 사실뿐이었다. (다른 곳에서는 그냥 소유주라고 부른다.)

　나는 기사 내용을 다시 살펴보았다. 언론이 그레이크리스 사건을 조사한 결과, 델타폴 공격이 특이한 일이었다기보다 일상적인 일에 더 가까웠음을 암시하는 다른 일들이 드러나고 있었다. (이건 내 놀란 표정이다.) 그레이크리스는 오래전부터 코퍼레이션 림 바깥쪽에 있는 방치된 테라포밍 프로젝트 후보지를 포함한 여러 현장에서 불분명한 계약과 독점 이용 거래로 불만을 사고 있었지만 아무도 그 이유를 몰랐다. 행성 하나를, 아니 행성의 일부라고 해도 아무 이유 없이 망쳐놓는 건 큰 문제였다. 나는 그레이크리스가 그런 짓을 하고도 무사히 넘어갈 수 있었다는 사실에 놀랐다. 아니 솔직히 놀라지 않았다.

기자가 멘사 박사에게 지난 사건에 관해 묻자 멘사가 말했다.

"그레이크리스가 한 짓을 보고서 저는 보존 협회에 밀루의 상황을 조사하기 위한 공식 방문에 합류하라고 강력히 촉구하기로 결심했습니다. 실패한 테라포밍 시도는 끔찍한 자원 낭비이자 행성 자연지표면 낭비입니다. 그레이크리스는 자신들이 한 행동에 관해 설명하기를 거부했습니다."

기자는 멘사의 진술에 정보 표식을 붙여 그레이크리스가 포기한 테라포밍 프로젝트 소유권을 신청한, 코퍼레이션 림 외부에 있는 한 작은 회사에 관한 해설을 달아두었다. 그 회사는 방치된 테라포밍 시설이 대기 중에서 부서지지 않도록 얼마 전 자동화 트랙터 배열을 설치했고 곧 평가를 시작할 예정이었다. 거기서부터 해설은 재미있어졌다. 과연 평가팀이 무엇을 찾아낼지 궁금해하는 내용이었다.

나는 누운 채로 피드와 일정을 훑어보다가 문득 평

가팀이 무엇을 찾아낼지 알 것 같았다.

내가 마음대로 돌아다니고 멘사 박사가 뉴스에 나오는 건 그레이크리스가 외계인 유물, 즉 외계지성체 문명이 우리 탐사 구역 땅속에 남긴 광물과 어쩌면 있을지도 모르는 유기물을 독점하기 위해 무력한 인간 연구자들을 잔뜩 죽였기 때문이다. 나는 타판 일행이 기묘한 합성물을 확인하기 위해 만든 코드에 대해 들었고 그래서 지금 나는 전보다 더 많은 사실을 알고 있다. 게다가 그에 관한 책까지 내려받아 드라마를 보는 틈틈이 읽었다. 코퍼레이션 림 안팎의 정치적 독립체와 기업형 독립체 사이에는 외계인 유물에 관한 협약이 수도 없이 많았다. 기본적으로는 특별한 증서를 아주 많이 갖고 있지 않은 한 건드려서는 안 되며 어떨 때는 있어도 건드릴 수 없었다.

내가 자유무역항을 떠났을 때는 그레이크리스가 방해받지 않고 그 유물에 손을 대려 했다고 추측했다. 아마도 그레이크리스는 유물을 찾아 연구하는 동안 광산 운영이나 개척지 건설 혹은 모종의 대규모 프로젝트로 위장하려고 했을 것이다.

그러면 만약 밀루의 테라포밍 시설이 사실은 외계인 유물이나 기묘한 합성물 혹은 그 둘 다를 파내기 위한 계획을 성공적으로 위장하고 있었던 거라면? 그레이크리스는 유물을 회수한 뒤 실제로 하지도 않았던 테라포밍을 포기하는 척했을 것이다. 방치한 시설은 결국 대기 중에서 분해되면서 모든 증거를 날려버릴 것이다.

만약 멘사 박사에게 그 증거가 있다면 그레이크리스에 대한 조사는 훨씬 더 재미있어질 터였다. 어쩌면 너무 재미있어서 기자들은 도망친 보안유닛을 까맣게 잊어버릴지도 몰랐다. 그러면 멘사 박사도 자유무역항에 머무르지 않고 안전한 보존 연합으로 돌아갈 수 있을 테고, 나도 멘사 박사 걱정을 하지 않아도 된다.

증거를 얻는 건 어렵지 않을 거라는 생각이 들었다. 인간들은 언제나 흔적을 덮고 자료를 지웠다고 생각하지만 안 그런 경우가 많았다. 따라서… 어쩌면 내가 그 일을 해야 할지도 몰랐다. 내가 밀루에 가서 있는 대로 자료를 모아 자유무역항이든 보존 연합에 있는 집이든 멘사 박사가 있는 곳으로 보내주는 것이다.

나는 다시 허브의 피드에 접속해 밀루로 가는 수송선을 찾았다. 하지만 이 환승 정거장의 공용 일정에는 아무것도 없었다. 검색 범위를 늘려 연결된 다른 환승 정거장까지 확인했다. 내가 찾을 수 있는 건 오래된 교통 상황 정보뿐이었다. 현지 환승 정거장이 그 테라포밍 시설을 장기간 미활동 지역으로 등록한 뒤 방치된 곳이라고 공표했다는 뉴스가 나왔던 40주기 전의 정보였다. 뉴스에는 밀루로 가는 화물 수송로가 코퍼레이션 림 가장자리에 있는 해브라튼 정거장에서 출발하는 것 하나를 제외하고는 전부 끊어졌다고 되어 있었다. 해브라튼에서 밀루로 가는 수송선에 관해 업데이트된 정보는 찾을 수 없었다. 단지 어느 시점에서 일부가 아직 운항 중이었다는 식의 모호한 내용뿐이었다.

내게 개인 우주선이 있으면 밀루에 갈 수 있을지 모르지만 그렇게 될 가망은 없었다. 또 내게는 호퍼와 여타 행성용 비행선을 조종하는 훈련용 모듈이 있었지만 셔틀이나 수송선 같은 종류의 모듈은 없었다. 결국 그러려면 우주선과 조종사 봇을 훔쳐야 했는데 아무리 나라고 해도 일이 너무 복잡해진다.

그러나 해브라튼은 코퍼레이션 림 밖으로 나가는 교통의 중앙 허브였고 나는 그곳에서 수백 곳에 달하는 목적지를 선택할 수 있었다. 밀루로 가는 계획이 실패해도 아주 쓸모없는 여행은 아닐 터였다.

목록을 보니 해브라튼으로 직행하는 다음 수송선은 화물과 승객을 날랐다. 그렇게 해서 나는 아이레스 그리고 일터로 가는 이 머저리 같은 계약 노동자 집단과 함께하게 된 것이다.

* * *

식당에서 벌어진 싸움을 뜯어말린 뒤 나는 될 대로 되라는 식인 인간들을 위한 인간관계 상담사로서의 짧은 경력을 끝마치려고 내 침상에 숨었다. 웜홀을 빠져나와 해브라튼에 가까워지기 시작하자 나는 정거장의 피드에 접속했다.

가능한 한 빨리 일정을 확인해야 했다. 새로운 미디어를 내려받을 기회도 갈망하고 있었다. 최근에 본 새 드라마는 처음에는 재미있었지만 갈수록 짜증이 났다. 테라포밍 사전 조사(테라포밍하기에 전혀 적합하지 않은 행성에서 벌어지는 일이었지만 그 부분은 신경 쓰지 않았다)가 갑자기 적대적인 동물과 돌연변이 침략자와 벌이는 생존 싸움으로 탈바꿈하는 내용이었다. 인간들이 너무 무력해서 재미가 없었고 결국 다들 죽어버렸다. 우울하게 끝날 거라는 게 짐작이 됐고 그런 내용을 볼 기분이 아니었다. 영웅적인 보안유닛과 흥미로운 외계인 유물을 추가하면 멋진 모험 이야기가 될 거라는 게 눈에 선해서 더 짜증이 났다.

보증 회사가 모종의 전문적인 보안장치 없이 탐사를 보증할 리가 없었다. 그건 비현실적이었다. 영웅적인 보안유닛도 비현실적이긴 했지만 내가 ART에게 말했듯이 올바른 비현실과 잘못된 비현실이 있는 법이다.

나는 돌연변이들이 탐사대의 생물학자를 먹으려고 끌고 가는 장면에서 시청을 중단했다. 농담이 아니라 그런 상황을 막으라고 나 같은 존재가 있는 것이다.

수송선 승객에게 닥칠 수 있는 운명에 관해 생각해 보려 해도 그럴 기분이 들지 않았다. 무력한 인간을 보고 싶지 않았다. 차라리 똑똑한 인간들이 서로 구해주는 걸 보고 싶었다.

나는 어떤 정보가 있는지 색인을 훑어보다가 곧 새로 다운로드를 시작했고 밀루로 갈 수 있는 일정과 교통수단을 조회했다.

이번 주기에는 없었고 다음 주기에도 없었다. 지금부터 30주기까지로 넓혀서 검색해도 그랬다. 음, 이건 문제가 될 수 있었다.

나는 승객들 사이에 일어난 시비를 말리며 지내는 와중에 내 계획에 대해 많이 생각했었다. 이제는 포기하고 싶지 않았다. 정말로 그레이크리스에게 타격을 주고 싶었다. 폭발성 탄약으로 할 수 없다면 그다음으로는 이게 최선의 방법이었다. 어쩌면 일정이 아직 업데이트되지 않은 걸지도 몰랐다. 데이터를 관리하는 면에서 인간들은 더럽게 신뢰가 가지 않았다. 정박을 앞두고 마지막으로 천천히 다가가는 동안 나는 정거장의 공용 목적지 목록을 찾아보았다. 앗싸, 밀루가 있었다. 으레 그렇듯이 독립적인 회사가 그곳 환승 정거장을 운영하고 있었는데 그 시설을 포기한 뒤에도 여전히 활성화 상태로 목록에 올라 있었다. 그 정거장의 인구는 유동적이었고 기껏해야 100명이 채 되지 않았다.

유동적이라는 건 붙박이 거주자가 있고 인간들이 끊임없이 오간다는 뜻이니 좋은 징조였다. 그러나 100명 아래라는 건 좋지 않았다. 내가 그곳에 갈 수 있다고 해도 그곳에 있을 적법한 이유가 없으니 아무도 나를 보지 못하게 해야 했다.

ART가 내 형상을 바꾸어놓아서 스캔 장치는 나를 보안유닛으로 읽지 않았다. 그리고 나도 스스로 좀 더 인간이나 증강인간처럼 행동하도록 코드를 짜 넣었다. (내 움직임과 호흡을 무작위로 만드는 게 대부분이었다.) 그러나 다른 보안유닛을 피해야 했고 장갑을 입지 않은 보안유닛을 본 적이 있는 (배치 센터에서 일하는 인간처럼) 인간도 가급적 피하는 게 나았다. 그레이크리스는 코퍼레이션 림에서 보안유닛을 계약했으니 밀루 정거장에서도 보안유닛을 썼을 수 있었다. 시설을 포기하면서 환승 정거장에 있는 그레이크리스의 사무실도 모두 철수했겠지만 그곳에 있는 인간들은 보안유닛을 본 적이 있을 수도 있었다. 그건 계산할 수 있는 위험이었다. 스스로 무릎 관절에 총을 쏘는 짓과 다름없다는 사실을 알면서도 한다는 뜻이었다.

계획을 통째로 버릴 수도 있었다. 기업들의 영역에서 아주 먼 곳, 내가 아는 바가 전혀 없는 목적지로 떠나는 수송선도 있었다. 그러나 나는 인간인 척하는 데 질렸다. 휴식이 필요했다.

개인 소유인 우주선의 일정을 찾아보았지만 밀루라고 표시된 건 없었다. 하지만 다음 주기쯤에 목적지 표시 없이 떠나는 우주선은 몇 척 있었다. 하나는 작은 봇 조종 화물선으로 100명에서 150명 사이의 인간들이 100주기 이상 쓸 수 있는 보급품을 나를 만한 크기였다. 나는 지식 데이터베이스에서 그 우주선의 이력을 확인했고 그게 정기적으로 떠났다가 돌아온다는 사실을 알아냈다. 밀루 정거장에 보급품을 나르는 개인 업자일 수 있었다. 일정에 올라와 있지 않은 건 테라포밍 시설 분해가 정리될 때까지 아무나 그곳에 가는 걸 원치 않기 때문일 수 있었다.

사실 그 화물선은 18주기 전에 떠나기로 되어 있었는데 잠시 보류를 요청했다. 그리고 크기가 다양하고 출발지가 서로 다른 수송선 여섯 척이 내가 탄 수송선과 동시에 해브라튼에 도착했다. 그 화물선이 주문받은 특정 화물 때문에 그중 한 대를 기다리고 있던 걸지도 몰랐다. 아니면 수리를 기다리고 있었거나.

더 알아내려면 직접 만나서 물어봐야 했다.

2

수송선이 정박 과정을 마치자 나는 침상에서 나와 배낭을 들고(안에 물건이 몇 개 있기는 했지만 사실상 인간 여행자처럼 보이려고 들고 다니는 것이다) 지름길로 유지 보수용 통로를 지나 승객용 출입구로 갔다. 다른 이들은 화물용 출입구로 나갈 터였다. 거기서 이동 모듈로 들어가면 화물 운반차가 새로운 집으로 갈 우주선을 향해 끌고 간다. 노동자의 편의를 위해서라고 선전은 했지만 실은 그들이 정거장을 걸어가다가 마음이 바뀌어 탈출하는 것을 고용주가 원치 않았기 때문이었다.

나는 작별 인사를 하고 싶지 않았다. 내가 이렇게 많은 인간을 그들이 지금 가는 곳에서, 가고 싶어서 가는 거로 생각하는 곳에서 구해낼 수는 없었다. 하지만 그 모습을 보고 있을 필요도 없었다.

나는 나를 내려보내주는 수송선에게 작별 인사를 한 뒤 일지에서 기록을 지웠다. 내가 떠나자 녀석이 슬퍼하는 것을 알 수 있었지만 이런 여행을 다시 하고 싶지 않았다.

여러 허브와 고리의 보안 시설을 해킹해본 경험이 많아진 만큼 이제는 무기 스캔을 지나가는 게 불안하지 않았다. 보안유닛은 보안시스템의 이동식 부품으로 만들어진다. 어떤 종류의 보안시스템도 마찬가지였기 때문에 회사는 우리를 가능한 한 다양한 고객에게, 심지어는 개인 장비를 지닌 고객에게도 임대할 수 있다. 보안시스템을 해킹하는 비결은 그게 내가 그곳에 있는 게 맞다고, 편리하게도 회사가 내게 그에 필요한 모든 코드를 제공했다고 생각하게 만드는 것이다. 연습과 간담이 서늘해지는 실전 덕분에 나는 재빨리 보안시스템을 조작하는 데 능숙해졌다.

나는 고리의 상점가에 들러 무인 판매대에서 증강
인간이 아닌 인간을 위한 피드 인터페이스와 휴대용
디스플레이, 메모리 클립을 샀다. 메모리 클립은 여
분의 데이터 저장소였고 각각이 손가락 끄트머리 크
기였다. 새로운 시스템을 설치해야 하거나 피드가 없
는 곳으로 여행하거나 피드에 접속이 안 되는 장소에
서 데이터를 저장하고 싶은 인간들이 쓰는 물건이었
다. (회사의 보안시스템은 그런 데이터를 읽을 수 있었지만
고객들은 때때로 사적인 데이터를 그곳에 숨기려고 했다.) 나
는 내 선불카드로 메모리 클립을 샀다. (아직 카드에는
돈이 많이 남아 있었다. 타판 일행이 내게 상당히 많은 돈을
지불한 게 틀림없었다.)

사설 선착장은 공용처럼 붐비는 일이 없었다. 인간
몇 명이 들락거리고 있을 뿐이었고 화물을 나르는 짐
꾼봇이 많았다. 나는 탑승장을 지나가며 드론이 있는
지 스캔했는데 짐꾼봇의 활동을 감시하는 드론 두 대
뿐이었다. 나는 그 보급선이 있는 곳을 찾아 안에 누
가 있는지 핑 신호를 보내보았다. 조종사 봇이 핑 신
호에 대꾸했다.

그 녀석은 하위 수준의 봇이었다. 정박해 있는 동안 심심해하거나 앞으로 할 일을 생각하며 흥미로워할 만큼 높은 기능을 갖추고 있지 않았다. 내가 만났던 다른 수송선처럼(ART는 예외였다) 녀석도 이미지로 의사소통했다. 딩동댕, 녀석은 보급선이었다. 딩동댕, 밀루로 가는 게 맞았다. 47주기에 한 번 밀루에 갔다. 환승 고리 관제실에서 업데이트한 정보에 의하면 출발을 보류한 상태였지만 앞으로 2주기 안에 떠날 예정이었다. 마치 사전에 녹음된 여행자용 정보성 광고와 이야기하는 느낌이었다.

이번만큼은 내가 운이 좋은 모양이었다.

나는 그게 내가 항구관리소의 허가를 받았다고 생각하게 만든 뒤 태워달라고 요청했다. 녀석은 그렇게 해주었다. 그러고 난 뒤 나는 부드럽게 녀석의 기억에서 내가 들어온 사실을 삭제했다. 내키지 않는 일이었다. 나는 조종사 봇과 협상하는 편이 좋았다. 하지만 이 녀석은 너무 제한적이어서 거래를 한 뒤 약속을 지킬 능력이 있을지 걱정스러웠다. 그게 좋지 않은 생각이라는 사실을 이해하지 못해서 항구관리소에 나에 관해 이야기할지도 모를 위험을 감수할 수는 없었다.

짧은 복도를 지나자 중앙 공간이 나왔고 화물과 보급품 창고로 이어지는 통로가 있었다. 화물 모듈 두 개를 붙였다 떼는 데 쓰는 콘솔과 선내 보급품을 보관하는 수납함이 딱 들어갈 만한 작은 공간이었다. 화물 모듈 두 개는 이미 붙어 있었다. 우주선에 화물이 들어올 예정이라면 하나를 떼었다가 다시 실어야 했다. 승무원 공간의 상황을 보니 별 영향이 없을 것 같았다.

잠시 주위를 살펴보았다. 아무래도 내가 약간 예민하기도 했고 습관적으로 순찰하게 되어 있는 프로그램이 아직 남아 있었기 때문이다. 원래 없어야 할 물체가 움직이는 걸 감지한 우주선의 수리용 드론이 나를 따라왔다. 하지만 우주선의 지시 없이 성가시게 하지는 않았다. 개인용 선실은 없었다. 조종사용 방 옆에 있는 조종실 위쪽 격벽에 침상 몇 개가 붙어 있을 뿐이었다. 화물칸 뒤쪽에 있는 좁은 공간에도 두 개가 더 있었다. 비상용 의료시스템과 작은 화장실 옆이었다. 나는 화장실이 필요 없는데 인간처럼 보이려고 자주 쓰는 척하지 않아도 되어서 다행이었다. 그래도 샤워 시설을 사용하는 데는 익숙해지고 있었다. 회사에서 제공하는 보안 대기실과 비교하면 호화로운 시설이었다. 나는 조종실 위에 있는 침상 하나에 자리를 잡고 새로 받은 미디어를 정리하기 시작했다.

(인정한다. 나는 수납함 안에 침구와 여타 보급품이 쌓여 있는 데는 이유가 있을 거라는 사실을 깨달았어야 했다.)

새로 다운로드한 드라마 몇 편을 살펴보다가 괜찮아 보이는 드라마의 첫 번째 에피소드를 보기 시작했다. 마법이나 말하는 무기 같은 황당무계한 것들이 나오는 가상 세계에서 벌어지는 이야기였다. (내가 바로 말하는 무기이며 나는 인간들이 나에 관해 어떻게 느끼는지 알기 때문에 황당무계하다고 하는 것이다.)

이후 20여 시간이 지나도록 나는 여전히 드라마에 푹 빠진 채 인간이 없는 휴식을 즐기고 있었다. 그러던 중 다행히 생명유지장치가 돌아가기 시작했을 무렵 기압이 올라가는 걸 느꼈다. (나는 공기가 별로 필요하지 않고 공기가 떨어지면 언제든지 동면 상태에 들어갈 수 있다. 따라서 무인 수송선 안의 최저 기압도 아무 문제 없었다.)

나는 드라마를 일시정지해두고 일어나 앉았다. 조종사 봇에게 혹시 누가 승선하냐고 물어보았다. 딩동댕, 승객 두 명이 승선할 예정이었다. 우주선은 방금 환승 고리 관리소로부터 출발 시각을 제출해도 된다는 업데이트를 받았다.

'이런 빌어먹을' 소리가 절로 나오는 상황이었다.

그나마 우주선 내부는 살펴본 상태라 몇몇 장소를 염두에 두고 있었다. 나는 침상에서 굴러 내려온 뒤 잊지 않고 가방을 챙겨 중앙 공간으로 이어지는 수직 통로 쪽으로 떨어졌다. 그 후 중앙 공간을 지나 화물칸으로 이어지는 통로를 따라 움직였다. 나는 가장 손이 가지 않을 것 같은 수납함을 골라 내용물을 재배치한 뒤 그 뒤쪽으로 비집고 들어갔다. 그리고 보급품으로 내가 보이지 않도록 가렸다. 나는 조종사 봇을 구슬려서 내가 여기 있어야 하는 건 맞지만 승객이나 항구관리소를 비롯한 다른 누구에게도 알려줄 필요는 없다고 상기시켰다. 이 우주선에는 보안카메라가 없었지만(기업형 정치적 독립체의 관리를 받지 않는 수송선은 보통 그랬다) 드론은 있었다. 필요 없는 유지관리 데이터만 걸러내면 드론의 스캐너를 이용해 내부 공간 전체를 잘 볼 수 있었다. 16분 뒤 출입구가 돌아가더니 승객 두 명이 탑승했다. 증강인간 두 명으로 여행용 배낭과 내가 한눈에 알아볼 수 있는 가방 몇 개를 갖고 있었다. 장갑과 무기를 비롯한 전투용 장비였다.

하아. 전투에 인간보다 봇이 더 흔히 쓰이는 이유는 보안유닛이 보안 계약에 더 흔히 쓰이는 이유와 같다. 만약 명령에 따르지 않으면 우리는 뇌가 타버린다. 그러나 전투용 봇의 사용에 관해서는 기업형 및 기타 정치적 독립체들이 맺은 공동 조약이 있었다. (하지만 누구나 회피할 방법을 찾아내는 듯했다. 코퍼레이션 림 외부에서 나오는 연속극에서는 꽤 흔히 볼 수 있는 플롯이었다.)

나는 드론과 우주선의 피드를 듣고 있었지만 두 인간은 별로 말을 많이 하지 않았다. 장비를 넣어두고 간간이 서로 몇 마디 주고받을 뿐이었다. 피드의 서

명을 통해 두 여자의 이름이 각각 윌켄과 거스라는 사실은 알 수 있었다. 둘이 왜 밀루에 가는지 이야기할 거라 기대하는 건 무리였지만 방법은 있었다.

보안유닛으로서 내 기능의 상당 부분은 회사가 데이터마이닝을 해서 쓸 만한 것을 팔 수 있도록 고객들이 하는 말과 행동을 모두 기록하는 데 쓰였다. (훌륭한 보안 서비스는 그만한 대가를 치러야 한다고들 했고 회사는 그 말을 말 그대로 받아들였다.) 기록의 대부분은 쓸모없는 것이라 삭제해버리지만 그 전에 먼저 분석해서 좋은 부분을 빼내야 했다. 보통 이 일은 보안시스템과 협력해서 하지만 나 혼자서도 할 수 있고 아직그 일에 필요한 코드를 전부 갖고 있었다. 코드는 미디어도 받을 수 있는 저장소의 용량을 차지하고 있었지만 슬쩍 대체할 수 없는 것이기도 했다.

두 인간이 내가 들어가 있지 않은 수납함에서 보급품 몇 개를 꺼내고 자리를 잡자 나는 드론의 코드를 조정해 녹화를 했다. 충분한 데이터를 모으면 분석할 수 있었다.

우주선이 선착장을 떠나 밀루로 향했을 때 나는 이

미 새로 받은 드라마를 보고 있었다.

* * *

밀루까지 가는 데는 선내 시간으로 20주기가 걸렸다.

그 점이 나를 괴롭히리라고는 생각하지 못했다. 난 그보다 훨씬 오랫동안 수송용 상자나 칸막이방에 있어본 적이 있다. 지배모듈을 해킹하고 미디어를 다운로드하기 전에는 수도 없이 그렇게 여행했었다. 하지만 이제는 아무리 새로운 영화나 드라마, 수백 권의 책이 있어도 화물처럼 여행하는 게 더 이상 익숙하게 느껴지지 않았다. 단기체류용 휴식 튜브도 괴롭지 않았고 ART가 타고 있던 것을 비롯해 다른 수송선 세 대에서도 거의 움직이지 않고 지냈었던 나였다. 나도 무슨 차이인지 알 수 없었다. 아니, 어쩌면 알고 있을지도 몰랐다. 다른 곳에서는 원하기만 하면 언제든지 움직일 수 있었다.

어쨌든 우주선이 밀루에 접근하고 있다고 알려주

자 마음이 놓였다. 2분 뒤에 나는 정거장의 피드에 접속할 수 있다는 사실을 알게 되었다. 하지만 거기에는 아무것도 없었다. 보통은 교통과 우주선 정박에 관한 정보, 항행과 관련된 잠재적인 위해 요소, 여행자를 위한 뉴스 따위가 있었지만 여기에는 아무것도 없었다. 접근 중인 다른 우주선이 없다고 알려온 우주선에게 확인해보았더니 예전에도 이 정거장에 정박하면 항상 똑같았다고 했다. (귀신 들린 정거장이 나오는 드라마를 한번 괜찮게 본 적이 있는데 설마 그럴 리는 없겠지만 확실히 해두는 편이 나았다.)

조용한 게 아직 기묘하게 신경 쓰였다. 삼각형 모양의 정거장은 라비하이랄보다 작았다. 스캔 결과 정박해 있는 우주선 두 척과 흩어져 있는 셔틀 몇 척이 보였는데 정거장의 수용량에 비하면 아주 적은 수였다.

우주선이 정박 장소에 들어서자 비로소 피드에서 뭔가 들렸다. 환영 인사는 특별할 게 없었다. 하지만 정거장의 색인을 보니 정보 시스템에 결함이 있는 것 같았다. 사업체와 서비스 목록이 있었는데 각 항목마다 폐업/영업 중단 공지가 업데이트되어 있었다. 귀신 들린 곳은 아니라고 해도 사망/활동 중단 상태에 접어들고 있었다.

우주선이 정박을 마칠 때까지 기다리는 동안 나는 분석 결과를 확인했다. 윌켄과 거스는 굿나잇랜더 인디펜던트(GI)와 계약한 사실확인 연구단체가 고용한 보안 자문이었다. GI는 그레이크리스가 버리고 간 테라포밍 시설이 방기되었음을 나타내는 표식을 신청했고 분해를 막기 위해 트랙터 배열을 설치했다. 그리고 이제 정식으로 점유 절차를 진행하려는 참이었다. 연구단의 임무는 시설에 가서 현재 상태에 관한 보고서를 만드는 것이었다.

이런 게 바로 보증 회사가 보안유닛을 제공하는 종류의 계약이었다. 내 기억에 아직 남아 있는 것보다 내가 더 많이 했던 그런 종류. 하지만 지난 20주기 동안 윌켄과 거스가 나눈 대화로 미루어 볼 때 보증 회사나 보안유닛이 끼어 있지 않다는 건 분명했다. 나는 그 사실을 개인적으로 받아들이지 않으려고 노력했다.

(만약 보안유닛이 포함된 보안 서비스를 제공하는 보증 회

사가 끼어 있었다면 나는 이 일…, 내가 지금 뭘 하는 건지 모르겠지만 이 일을 그만두어야 했을 것이다. 바뀐 내 모습은 스캔을 속일 수 있지만 다른 보안유닛은 속이지 못했다. 어떤 유닛이든 나를 알아챘다면 그 즉시 자신의 허브시스템에 보고할 터였다. 나라도 나를 보고했을 게 분명하다. 탈주한 보안유닛은 지독하게 위험하다. 내 말을 믿으시길.)

우주선이 정박 절차를 끝마치기를 기다리면서 도킹할 때의 덜컹거리는 소리가 내가 살짝 움직이는 소리를 덮어줄 수 있겠다고 생각했다. 나는 배낭을 끌어왔다. 내 오른팔에 있는 에너지 무기의 가장자리와 맞닿은 피부를 열고 내가 산 메모리 클립을 전부 넣었다. 느낌이 이상하고 부피가 컸지만 익숙해질 터였다. 나는 배낭을 이 수납함 안에 놓아둘 생각이었다.

우리는 정박했다. 윌켄과 거스는 장비를 그러모은 뒤 에어록을 통해 정거장으로 나갔다. 나는 수납함에서 나오면서 정거장의 공용 피드를 이용해 보안시스템을 해킹했다. 카메라는 대부분 활성화 상태가 아니었고 스캔은 전적으로 환경 위해 요소와 손상을 감지하는 데만 쓰이고 있었다. 인간들의 절도나 사보타주

보다는 장비 고장을 더 걱정하는 모양이었다. 어쩌면 그건 인간이 그만큼 많지 않기 때문일지도 몰랐다.

수납함을 다시 정리하고 내 흔적을 확실히 지운 뒤에 인간들이 뭔가 남겨두고 가지 않았는지 주변을 둘러보았다. 그런 행운은 없었다. 나는 우주선의 드론을 생각하며 머뭇거렸다. 활용할 수 있는 카메라가 많지 않은 상태니 드론이 탐났다. 하지만 수리용 드론은 내가 일할 때 쓰던 드론보다 훨씬 더 컸다. 유지관리에 필요한 작은 팔과 손을 수납할 수 있어야 하기 때문이다. 나는 수리용 드론을 빼앗아갈 필요까지는 없다고 생각했다.

몇 가지 조작을 하긴 했다. 우주선으로 하여금 항구 일정에 스스로 수리 중이라고 기입하게 했고 출발하기 위해서는 내 허가가 필요하다고 생각하게 만들었다. 우주선은 스스로 수리할 수 있었고 우주선을 소유한 회사는 이 항성계에 간이 사무실 같은 것도 없었기 때문에 예정보다 몇 주기 이상 지체하지 않는 한 굳이 누가 확인하러 오지는 않을 거라고 생각했다. 정박해 있는 우주선이 이렇게 적은 상황에서 이곳에 붙잡혀 있고 싶지 않았다.

출입구로 나갔을 때 탑승장은 비어 있었다. 조명이 부족하다 보니 그림자가 많았는데 그럼에도 커다란 바닥 판의 닳은 자국과 얼룩은 가려지지 않았다. 음식을 싸는 비닐 랩 한 장이 공기 순환기에서 나오는 미풍을 타고 떠다니고 있었다. 아예 청소조차 하지 않는 모양이었다. 드론도 짐꾼봇도 없었다. 바깥쪽에서 봇이 조종하는 커다란 부양기 두 대가 이동해야 할 우주선의 화물 모듈을 분리하고 있었다. 여간해서는 활동이 없는 정거장의 피드에서 그것들이 쿵쾅거리고 돌아다니면서 서로 데이터를 주고받는 소리를 들을 수 있어서 다행이었다. 나를 바라보며 시선을 마주치는 인간으로 가득한 곳을 돌아다니는 것을 좋아하지 않지만 그 반대도 소름 끼치긴 마찬가지였다.

나는 작동 중인 몇 안 되는 보안카메라 하나에서 거스와 윌켄의 모습을 발견하고 뒤를 쫓기 시작했다. 둘은 위쪽에 있는 거주 구역이 아니라 탑승장을 따라 내려가고 있었다. 피드에는 관광객용 지도가 없었지만 카메라를 해킹해서 정거장의 유지관리 시스템에 접속해 배치도를 불러냈다. 정거장 운용에 필수적인 최소한의 시설을 제외하고는 모두 폐쇄된 상태였다. 버려진 시설을 재활용하겠다는 GI의 요청이 이 환승 정거장에 제대로 알려져 있긴 한 건지 의심스러웠다. 이미 이곳이 별로 마음에 들지 않았고 여기 살 이유도 없었다.

내게는 이보다 훨씬 더 어려운 상황에서도 카메라 작동을 정지시키고 내 모습을 지우는 데 썼던 코드가 있다. 나는 그 코드를 이 정거장 고유의 보안시스템과 호환되도록 변경했다. 하지만 실제로는 터미널에 있는 인간이 나를 보고 '어, 저게 누구지?' 하고 생각하는 게 가장 위험했다. 다행히 정거장은 대부분 어두웠다.

나는 윌켄과 거스를 따라 탑승장 끝까지 간 뒤 배치도에 의하면 항구관리소 및 화물 통제 사무소로 이어진다고 하는 경사로를 올라갔다.

경사로 꼭대기의 합류점을 지날 때 뭔가 밝고 화려한 게 바로 앞에서 번쩍이며 나타났고 나는 비명을

지를 뻔했다. 그건 움직임에 반응하도록 바닥에 페인트 표식으로 만들어놓은 화물 서비스 광고였다. 행여나 눈앞에서 빛나는 광고를 못 보고 지나칠까 봐 피드에 짧은 영상까지 올라가게 해놓았다. 보통 이런 표식은 전력이 나간 상태에서도 작동하기 때문에 비상 절차를 안내하는 용도로만 쓰였지 이렇게 광고에 쓰는 건 본 적이 없었다. 핵심은 전력이 나간 상태에서 유일하게 보이는 것이라 쉽게 볼 수 있어야 한다는 것이었다. 설령 광고가 튀어나와 비상 탈출로를 가리지 않는다고 해도 멍청한 인간들을 안전한 곳으로 데리고 가는 것부터가 힘든 일인데—

나는 인간을 안전하게 하는 게 더 이상 내 일이 아니라는 사실을 되새겼다.

그래도 표식을 이용한 광고는 여전히 싫었다.

나는 다시 카메라를 확인했고 윌켄과 거스가 항구 관리소 구역에서 생명의 징후를 발견했다는 사실을 알게 되었다. 둘은 사무지구 바깥에 서 있었다. 3층으로 쌓인 물방울 모양의 창문 밖으로 정거장 상점가였던 아래쪽이 내려다보이는 곳이었다. 탁 트인 광장 같은 그곳에는 튜브 통로 몇 개가 머리 위로 구부러지며 지나갔고 거대한 구형 디스플레이가 대기 상태로 공중에 떠 있었다. 그 주위는 여러 층으로 이루어진 어두침침한 업무 구역과 텅 빈 가게로 원래는 카페나 호텔, 화물 브로커, 여객 사무소, 정비소 등이 있어야 하는 곳이었다. 그중 상당수는 애초에 누가 들어와본 적이 없는 것처럼 미완성된 모습이었고 나머지는 아무렇게나 떠다니는 디스플레이 몇 개 말고는 아무것도 남은 게 없이 문이 닫혀 있었다.

나는 항구관리소 근처를 벗어나 중앙 거주 구역으로 이어지는 복도로 접어들었다. 거주 구역이란 게 있는지 모르겠지만. 거의 암흑에 가까운 곳만 골라 걸어가다가 뭔가 설치하려고 했다가 끝내 설치하지 못한 공간을 발견하고 그 속으로 웅크리고 들어갔다. 이제 정거장에 있는 누군가가 나를 찾아낼지도 모른다는 걱정을 하지 않고서 카메라를 감시할 수 있었다. 유지보수 및 무기 스캔용 드론이 내 피드를 훑고 지나갔다. 나는 그걸 붙잡아 통제권을 손에 넣었다. 녀석은 안내방송실 외부에서 임의로 순찰을 돌고 있었다. 나는 그 드론을 이용해 정적인 보안카메라보다 더 나은 시야와 음성을 확보했다.

월켄과 거스는 처음 보는 두 인간과 이야기 중이었다. 근처에는 인간 형태의 봇도 하나 서 있었다. 그런 걸 엔터테인먼트 피드에서가 아니라 직접 보는 건 오랜만이었다. 그런 봇은 기업들의 영역에서 인기가 없었다. 특정한 일만 수행하는 봇보다 더 잘할 수 있는 게 많지 않았고 피드를 사용할 수 있는 상황에서는 데이터 저장소와 연산 능력이 그다지 매력적이지 않았기 때문이다. 구성체와 달리 녀석들에게는 복제한 인간 조직이 없었다. 그래서 금속 몸체가 그대로 드러나 있었다. 무거운 짐을 들 수 있었지만 짐꾼봇이나 화물 부양기만큼은 아니었다.

내가 본 몇몇 미디어에서는 그런 봇이 주인공을 위협하는 사악한 폭주 보안유닛 역할에 쓰였다. 그렇다고 해서 기분이 나쁘다거나 그런 건 아니었다. 사실 좋았다. 그래야 보안유닛과 일해본 적이 없는 인간들이 우리의 실제 생김새를 모른 채 인간 형태를 한 봇처럼 생겼을 거라고 생각할 테니까. 전혀 기분 나쁘지 않았다. 정말로.

나는 다시 드론의 카메라 피드로 돌아가 놓친 상황을 따라잡아야 했다. 아주아주 기분 나쁘지 않은 감정을 다스리느라 잠시 정신을 놓았으니까.

처음 보는 인간 하나가 말했다.

"저는 돈 아베네예요." 그 여자가 다른 인간을 가리키며 말했다. "이쪽은 제 동료 히루네 그리고 우리 조수 미키예요." 여자가 머뭇거렸다. "고용 대리인이 설명해주었나요?"

"경호 일이라고 했습니다만."

윌켄이 방금 미키라는 이름으로 불린 게 분명한 봇을 슬쩍 보며 말했다. 미키는 머리를 똑바로 세운 채 커다란 공 같은 눈으로 아베네를 쳐다보며 서 있었다. 인간이 봇을 소개한다는 건 흔한 일이 아니었다. 온건하게 표현해서 그렇다는 것이다. 거스는 프로답게 무표정을 유지하려고 애쓰는 듯한 모습이었다.

윌켄이 말을 이었다.

"여러분은 테라포밍 시설로 내려가서 초기 평가 작업을 할 테고 여러분이 굿나잇랜더 인디펜던트와 맺은 계약에 따르면 보안팀이 필요하지요."

아베네가 고개를 끄덕였다.

"실은 보안팀이 없어도 되길 바라고 있어요. 하지만 그 시설을 버리고 간 회사가 위성 감시를 유지하지 않았고 그 사람들이 떠난 뒤로는 아무도 안에 들어가지 않았어요. 아무도 없을 거라고 생각하지만 확실히 알 수 있는 방법은 없죠."

"대리인이 말하길 그런 문제가 있을 수 있다고 하더군요." 거스가 말했다. "테라포밍 차폐막 때문에 외부에서는 스캔이 안 되고 있는 겁니까?"

히루네가 대답했다.

"네. GI가 설치한 트랙터 배열 때문에 안정된 상태라는 건 알지만 그게 다예요. 정거장에서 그 시설을 감시해왔지만 보시다시피 여기에는 정찰선이 하나도 없어요."

히루네의 말은 약탈자들이 그 시설 안으로 들어갔을 가능성이 있다는 뜻이었다. 하지만 만약 그랬다면 그놈들이 이 정거장을 그냥 지나쳤다는 점으로 봐서 아주 뛰어난 약탈자일 리는 없었다. 약탈자는 치고 빠지는 식으로 활동하지 분해되어가는 테라포밍 시설에 죽치고 있을 리가 없었다.

사실 보안에 관한 내 경험으로 미루어 볼 때 분해되어가는 테라포밍 시설에 죽치고 앉아서 살려는 존재라면 침략자보다 훨씬 더 걱정스러웠다.

거스와 윌켄이 시선을 교환했다. 똑같은 생각이 떠오른 모양이었다.

윌켄이 물었다.

"그 시설을 버리고 떠났을 때 활동성 유기물이 있었을 가능성이 있습니까?"

"유기 매트릭스는 직원이 떠나기 전에 봉인해서 아마 없애버렸을 거예요." 히루네가 뭔가 슥 날려버리는 듯한 동작을 하며 말했다. "안 그랬다 해도 위험할 정도로 공기를 오염시켰을 확률은 아주 낮아요."

윌켄은 프로답게 차분한 표정을 유지했지만 끈질기게 물었다.

"제 말은 세균 외의 것 말입니다. 물리적인 위험을 초래할 만큼 큰 유기체 말이죠."

그래, 그러니까 나조차도 이 둘보다는 테라포밍에

관해 더 많이 아는 거로군.

히루네가 입술을 깨물며 아무렇지도 않은 표정을 지었다. 내가 알기로는 인간들이 감정을 숨기려고 할 때, 특히 누군가 의도치 않게 우스운 이야기를 했을 때 짓는 표정이었다. (그래서 내가 장갑을 고수하려고 했던 것이다. 얼굴 표정을 숨기는 건 인간이라고 해도 어려운 일이었다.)

돈 아베네의 눈가에 주름이 졌지만 윌켄이 농담을 하고 있다고 생각한 모양이었다.

"세균보다 큰 유기물을 다루지는 않을 거예요. 커다란 유기체를 지표면에서 시설로 가져올 이유도 없고요. 물론 확실히 알 수는 없어요. 그러니까 조심하는 게 맞겠죠."

윌켄은 그 말을 받아들인 듯했다. 적어도 질문을 더 하지는 않았다. 일리는 있었다. 보안 자문의 역할은 전부 괜찮다는 고객의 장담을 의심하는 것이었다. (보안유닛의 고객들은 우리가 벽을 보고 선 채로 일이 전부 끔찍하게 잘못되기를 기다리는 동안 자기들끼리 서로 장담하곤 했다.)

곧 아베네와 히루네는 두 보안 자문을 데리고 항구 관리소 안으로 들어갔다. 그 안에 몇 안 되는 인원으로 이루어진 정거장 팀이 일하는 방이 있었다. 일행은 전체 브리핑과 준비 작업 그리고 지금으로부터 16시간 뒤인 출발 시각에 관해 논의하고 있었다. 인간 형태의 봇인 미키가 따라 들어가더니 걸음을 멈췄다. 그리고 몸을 돌려 내가 올라타 있는 드론을 올려다보았다. 그 녀석이 머리를 곧추세웠고 나는 그게 카메라에 초점을 맞추고 있다는 것을 알 수 있었다.

나는 드론을 놓아주면서 잠시 장악당했던 기억을 지웠다. 드론은 혼란스러워하며 항구관리소 시스템에 방향 재설정 요청을 보낸 뒤 다시 순찰 경로로 돌아갔다.

미키는 꼼짝도 않은 채 불투명한 눈으로 어둠 속을 응시하고 있었다. 피드는 깨끗했다. 녀석은 내가 있다는 사실을 알 수 없었다.

그때 미키가 전 방향으로 핑 신호를 보냈다. 혹시 누가 응답하는지 확인하기 위해 어둠 속으로 날린 신호였다.

나는 신호가 새고 있지 않은지 다시 나 자신을 확인한 뒤 방화벽을 단단히 올리고 조심해야 한다고 되뇌었다. 정거장 피드가 조용하다는 것만으로 아무도 듣고 있지 않다고 생각할 수는 없었다. GI의 원정대는 직접 가져온 시스템 장비를 이용해서 별개의 피드를 돌릴 터였다. 하지만 정거장 직원 중 누군가는 부양기 봇에게 명령을 내리고 있었고 어쩌면 아직도 보안 보고서를 확인하고 있을지 몰랐다.

이곳은 너무 조용했다. 어쩌면 미키는 내가 마주쳤던 표식을 본 걸지도 몰랐다. 어쩌면 적막하기 그지없는 피드에서 어떤 속삭임을 들은 걸지도 몰랐다. 그 생각만 해도 소름이 끼쳐서 불편해졌다. 마침내 미키가 몸을 돌리더니 주인을 따라 항구관리소 구역으로 들어갔다.

나는 그 작은 공간에서 나와 어두운 복도를 따라 움직이며 숨기에 더 나은 장소를 찾았다.

* * *

나는 유지관리용 통로와 화물용 복도를 지나 항구 관리소에서 그다지 멀지 않은 곳에 있는 텅 빈 상업 시설용 공간으로 들어갔다. 신중하게 작업한 끝에 항구관리소 사무실 안에 있는 보안카메라 두 대의 시야를 확보할 수 있었다. 맞다, 두 대. 보안시스템이나 허브시스템이나 드론을 통해 모든 사람이 하는 모든 행동을 끊임없이 감시하지 않고 인간 관리자에게 의존하는 인간들 곁에 있는 건 이상한 느낌이었다. 게다가 카메라 한 대는 항구 교통 제어를 위한 중앙 허브에 있는 것이었고 다른 하나는 현재 정거장 통제 역할을 하는 응급 허브에 있었다. 뭔가 잘못된다면 곧바로 알아야 하는 두 장소였다. 식당이나 화장실, 개인 방 따위가 아니라는 소리다. 마치 정거장을 날려버리거나 부양기 봇을 추락시키려고 시도하지 않는 한 누가 무슨 말을 하고 무슨 행동을 하든 아무도 신경 쓰지 않는 것과 거의 비슷했다. (인간들이 먹고 섹스하고 몸을 씻고 잉여 체액을 배출하는 영상을 수천 시간이나 분석하고 삭제해왔던 나로서는 다행이었지만 그래도 너무 심했다.)

다행히 GI 원정대와 정거장 직원들은 서로 상당히 편한 사이처럼 보였고, 첫 번째 평가 활동이 금방 끝날 것이며 일단 12시간만 머무르면서 상태를 파악하고 정거장으로 돌아와 자료를 분석하고 휴식을 취한 뒤 돌아갈 예정이라는 사실을 알아낼 정도로 충분히 대화를 엿들을 수 있었다. 완벽해 보였다. 12시간이면 내가 필요한 걸 찾기에 충분할 터였다.

저들이 탈 우주선이 어느 선착장에서 떠나는지 언제 보급품을 싣는지도 들었다. 원정대의 우주선에 타려면 도움이 필요하긴 했다. 하지만 내가 만질 수 있도록 활성화된 시스템이 거의 없는 상황에서는 선택의 여지가 없었다.

저 멍청한 애완용 로봇과 친구가 되어야 했다.

* * *

안녕, 미키.

녀석은 즉시 응답했다.

안녕! 넌 누구지?

나는 미키가 안정적인 연결을 확보하기 위해 보낸 핑 신호의 주소를 이용하고 있었다. 아베네 일행은 준비를 마치고 테라포밍 시설로 떠나기 전에 휴식을 취하고 있었다. 이 로봇을 유혹할 수 있는 시간은 3시간 정도 있었다. 그 정도로 오래 걸릴 것 같지는 않았다.

내가 말했다.

나는 보안 자문이야. 굿나잇랜더 인디펜트가 너희 팀이 임무를 안전하게 완수할 수 있도록 우리 보안 회사와 계약했지.

녀석이 피드로 아베네에게 메시지를 보내려 했고 내가 차단했다.

내가 여기 있다는 건 누구에게도 말해서는 안 돼.

나는 녀석이 자신의 피드를 어떻게 장악했는지, 이 정거장에 어떻게 들어왔는지 같은 걸 물을 줄 알았다. 나올 수 있는 질문 대부분을 예상하고 그에 대한 답을 준비해놓았다고 생각했다.

녀석은 이렇게 말했다.

왜 안 돼? 나는 돈 아베네에게 모든 걸 이야기해. 아베네는 내 친구야.

내가 녀석을 애완용 로봇이라고 불렀을 때는 솔직

히 과대평가라고 생각했다. 하지만 이건 내 예상보다 훨씬 더 성가실 것 같았다. 나는 이미 성가심 수준을 85퍼센트 정도로 꽤 높게 잡아놓았는데 이제 보니 90퍼센트, 어쩌면 95퍼센트는 될 것 같았다.

나는 간신히 내 반응이 피드로 들어가지 않게 막았다. 쉽지 않은 일이었다.

내가 말했다.

돈 아베네 일행을 안전하게 하려면 비밀이어야 해. 다른 사람이 이 일에 관해 알게 되면 위험해져.

알겠어.

녀석이 말했다. 진심으로 대답한 건지 미심쩍었다. 이렇게 쉬울 리가 없었다. 따라주는 척하다가 나를 보고하려는 걸까?

하지만 녀석이 말했다.

돈 아베네와 내 친구들이 모두 안전할 거라고 약속해줘.

나는 녀석이 진심으로 하는 말이라는 섬찟한 느낌을 받았다. ART 수준의 봇을 예상하지는 않았지만, 이런 빌어먹을. 인간들이 녀석을 실제 애처럼 혹은 애완동물처럼 행동하게 코딩한 건가? 아니면 인간들이 대하는 방식에 반응해 코드가 스스로 발전한 건가?

나는 머뭇거렸다. 인간들이 단체로 죽는(또다시) 모습은 보고 싶지 않았지만 나는 그들의 보안유닛도 아니었고 지금 가장하고 있듯이 증강인간 보안 자문도 아니었기 때문이다. 모습을 드러내지 않은 채로 인간을 안전하게 지키는 건 어렵다. 하지만 녀석이 기다리고 있었다. 나는 녀석이 나를 믿기를 원했다.

내가 말했다.

약속해.

알겠어. 네 이름이 뭐지?

그 순간 허를 찔렸다. 봇은 이름이 없다. 보안유닛도 이름이 없다. (내가 스스로 지은 이름은 있었지만 그건 비밀이었다.) 나는 아이레스 일행 그러니까 회사에 몸을 팔았고 아마 지금쯤 그게 얼마나 나쁜 거래였는지 깨달았을 불쌍하고 멍청한 인간들에게 댔던 이름을 썼다.

린. 보안 자문 린이야.

그건 네 진짜 이름이 아니야.

나는 녀석이 정말로 혼란스러워하는 것을 피드를 통해 알 수 있었다.

네 이름처럼 들리지 않아.

미키는 내 추측보다 피드를 통해 더 많은 정보를 얻고 있는 게 분명했다. 그러면 내게는 충분했다. 나는 이 상황에 준비가 전혀 되어 있지 않았고 내 버퍼 메모리에는 눈곱만큼도 쓸 만한 게 없었다. 나는 자동으로 솔직함을 택하고(안다. 나도 놀랐다) 말했다.

린은 내가 불리고 싶은 이름이야. 난 누구에게도 진짜 이름을 말하지 않아.

알겠어. 이해해, 린. 네가 여기 있다고 아무에게도 말하지 않겠어. 나는 네 친구가 되어 돈 아베네와 우리 팀을 돕겠어.

그래.

(나는 **알겠어**라고 말할 뻔했다.) 나는 그게 미키의 기본 답변인지 아니면 엄숙하게 약속하는 건지 구분할 수 없었다. 어느 쪽이든 인간들에게 나에 관해 이야기하거나 안 하거나 둘 중 하나였다. 이 일을 하려면 나는 녀석이 말하지 않을 거라고 가정해야 했다.

네 셔틀 시스템에 내가 접속하게 해줄 수 있어? 안전한지 확

인하고 싶어.

알겠어.

데이터가 피드를 통해 들어왔다.

그들이 셔틀이라고 부르는 것은 두 층으로 이루어진 승무원 거주 구역과 생물학 실험실로 바뀐 화물칸이 있는 국지우주탐사선/수송선이었다. 웜홀을 통과하는 드라이브는 없었지만 항성계 주변에서는 어느 곳으로나 갈 수 있었다. 조종사 봇은 없었고 대기권 운항용 비행선에서 흔히 볼 수 있는 최소한의 자동화만 이루어진 조종 시스템이 있었다. 우주선의 상위 기능을 운용할 수 있는 이들이 전부 다치거나 무력해졌을 때는 딱히 도움이 되지 않는 종류였다. 반면 죽일 수 있는 조종사 봇이 없으니 킬웨어를 쓸 수도 없었다.

셔틀에는 독자적인 보안시스템도 없었다. 내부 보안이 큰 문제가 아닌 코퍼레이션 림 외부에서 만든 드라마를 보면 내부 인원을 단속하기보다는 잠재적인 외부 위협에 초점을 맞추는 경우가 있다. 나는 그게 사실일 거라고는 생각하지 못했는데 개인 방에 있는 정거장 직원을 감시하는 데 관심이 없는 것과도 맞아떨어졌다. 보존 연합에서 온 내 고객들이 행동했던 방식과도. 거기까지 생각이 미치자 보존 연합은 어떤 곳일지 궁금해졌지만 이내 떨쳐버렸다. 다른 곳과 다름없이 모두가 보안유닛에게 눈길을 주는 지루한 곳이겠지.

미키가 내게 완전한 접속권을 주어서 녀석이 지닌 과거 여행의 기억을 통해 약간 체험을 해보았다. 셔틀은 멋졌다. 회사가 제공할 법한 것보다 훨씬 더 좋았다. 심지어 가구도 깨끗하고 수리가 되어 있었다. 이 재활용 계획에 GI가 얼마나 신경을 쓰고 있는지 알 수 있는 징후였다. 셔틀은 아마 대형 수송선의 화물 적재 모듈에 실리거나 내가 타고 온 우주선 같은 전용 예인선에 끌려서 이곳까지 왔을 터였다.

나는 ART가 내게 올라탔던 것처럼 미키의 내부 피드에 올라타야 했다. 하지만 ART와 달리 나는 정거장과 행성 사이에 간격을 두고는 그렇게 할 수 없었다. 좋은 점은 수납함 안에 처박혀 있지 않아도 될 만큼 셔틀에 숨을 장소가 많았다는 것이다. 나쁜 점은 볼 수 있는 시스템이 전혀 없다는 것이었다. 미키를 제외하면 눈도 귀도 없었다.

오예, 신나는군.

미키, 난 네 시스템을 이용해야 해. 네—

나는 **고객**이라고 말할 뻔했다. 거의 1초가 꼬박 지나서야 미키가 듣고 싶어 하는 단어를 쓸 수 있었다.

친구들을 지켜봐야 하거든. 네가 내 카메라가 되어줘야 해. 그리고 네 스캔 능력도 이용할 수 있게 해줘. 가끔은 내가 너인 척하고 너를 통해서 이야기해야 할지도 몰라. 내가 위험하다고 생각하는 대상에 대해 돈 아베네와 네 친구들에게 경고하기 위해서. 그렇게 해줄 수 있어?

물론 미키가 이미 내게 준 접속 권한을 이용해서 미키를 장악하고 원하는 대로 한 뒤 기억에서 전부 삭제할 수도 있었다. 내가 타고 온 우주선에게는 이미 그렇게 했다. 하지만 그건 하위 수준의 봇이었고 신경 쓸 만한 자의식도 없었다. 그런 일을 미키에게 한다면…. 하지만 미키가 싫다고 하면 나는 어떻게 해야 할지 모르는 상황이었다.

미키가 말했다.

알겠어. 그렇게 할게, 린 자문관. 무섭게 들리지만 누구도 내 친구들을 해칠 수 없기를 원해.

너무 쉬운 느낌이었다. 함정인가 싶을 정도였다. 아니면….

미키, 모든 질문에 긍정적으로 응답하라는 지시를 받은 적 있어?

아니, 린 자문관.

미키가 말했다. 그리고 덧붙였다.

즐거움 기호 376＝미소.

아니면 미키는 한 번도 학대당하거나 거짓말을 들어본 적이 없고 너그럽고 친절한 대우만 받아본 봇이었거나. 인간들이 그렇게 대했기 때문에 녀석은 정말로 인간들이 친구라고 생각했던 것이다.

나는 미키에게 1분 동안 물러나 있겠다고 신호했다. 혼자서 감정을 삭여야 했다.

3

　나는 정거장의 짐꾼봇 이동 통로를 이용해 방치된
상점가로 갔다가 다시 탑승장으로 갔다. 셔틀은 항구
관리소 구역에 정박해 있었고 다행히 작동 중인 보안
카메라가 있었다. 나는 그 구역의 시야를 확보해 언
제가 괜찮을지 확인할 수 있었다. 미키의 피드를 통
해 승무원 두 명이 조종실에서 비행 전 점검을 하고
있으며 나머지는 아직 정거장의 실험실에서 마지막
점검을 하고 있다는 사실을 알 수 있었다.

　나는 탑승장의 그늘진 곳에서 출입구까지 딱 달려
갈 수 있을 정도로만 카메라의 피드를 멈췄다. 미키

가 준 출입 코드를 입력하자 출입구가 열리며 재생 공기가 흘러나왔다. 스캔해보니 정거장보다 훨씬 더 깨끗한 공기였다. 냄새도 당연히 더 좋았다. 나는 안으로 들어가 출입구를 닫고 일지에서 내 출입 기록을 지웠다.

나는 미키와 인간 평가팀 사이의 피드 연결을 계속 듣고 있었다. 셔틀 조종실에 있던 증강인간 조종사 두 명 중 하나인 케이더가 말하는 소리가 들렸다.

히루네, 너야?

히루네가 대꾸했다.

뭐? 난 아직 공항 관리소에 있는데. 이제 내려갈 참이야.

이상하네. 문이 열리는 소리가 난 거 같은데.

일지에는 기록이 없어.

다른 조종사인 비볼이 덧붙였다.

잘못 들었나 보지.

내가 직접 확인해서 네가 틀렸다는 걸 증명해주지.

케이더가 말했다.

나는 이미 작업 공간으로 이어지는 통로에 접어들어 생물학 실험실을 지나 보급품 창고로 가고 있었다. 선내 짐꾼봇을 위한 공간이 있었지만 화물칸을 실험실로 바꾼 탓에 짐꾼봇은 하선해 있었다. 내가 타고 온 우주선의 보급품 수납함보다 공간이 훨씬 더 넉넉했다. 다리를 쭉 펴지는 못하겠지만 적어도 바닥에 앉아서 벽에 기댈 수 있었다. 사실 나는 스트레칭이 필요 없었지만 그래도 할 수 있으면 좋았다. 또 완전히 어두웠지만 피드가 내 머리에서 살아있는 한 그건 문제가 아니었다.

미키가 물었다.

괜찮아, 린 자문관?

나는 연결이 안정적인지 그리고 인간들이 들을 수 없고 증간인간도 반향을 포착할 수 없는지를 확실히 하기 위해 다시 확인했다. 그건 내가 미키의 피드를 제어하고 있기 때문이기도 했지만 아마도 나는 원래 하던 방식대로 미키가 내게 말을 할 때마다 확인했을 것이다.

난 괜찮아. 린이라고 불러도 돼.

그게 린 자문관보다는 살짝 덜 거슬렸다. 타판과 라미, 마로가 나를 자문관이라고 불렀을 때는 거슬리지 않았지만… 모르겠다. 지금은 모든 게 거슬렸고 나도 이유를 알 수 없었다.

알겠어, 린!

미키가 말했다.

우리는 친구니까. 친구들끼리는 서로 이름을 부르지.

어쩌면 이유를 알 것도 같았다.

나는 미키가 원정대를 도와 마지막 장비와 시험용 보급품을 가져오는 동안 미키의 눈을 통해 상황을 지켜보았다. 짐은 전부 에어록을 통해 실어서 보관했다. 피드에서 인간들이 이야기하는 소리를 들었는데 마침내 출발하게 되어서 들뜬 모양이었다. 연구자 넷과 셔틀 승무원 둘이 있었는데 전부 GI의 오랜 직원이었다. 전에도 함께 일해본 적이 있었던 이들은 보안에 관한 세부 사항이 나올 때까지 이곳에서 초조하게 기다리고 있었다. 중간에 돈 아베네가 미키의 팔을 잡고는 카메라를 향해 웃어 보였다. 내가 미키의 움직임을 제어하려고 시도하지 않아서 다행이었다. 내 반응이 너무 즉각적이고 본능적이어서 보관함 벽을 향해 고개를 휙 돌려버렸기 때문이었다.

(누구도 보안유닛을 붙잡지 않는다. 나는 지금까지 이게 고마워해야 할 일인지 모르고 있었다.)

나는 아직 겉모습으로 인간의 나이를 추측하는 데 서툴렀다. 돈 아베네의 온화한 갈색 피부는 입과 눈 주위에 주름이 져 있었고 길고 검은 머리에는 흰머리가 섞여 있었다. 미용 목적으로 일부러 했을 수도 있겠지만 내가 알 게 뭐람. 아베네가 웃자 검은 눈가에 주름이 졌다.

"드디어 가는 거야, 미키!"

"만세!"

미키가 말했다. 피드 내부에서 들은 나는 그게 진심이라는 것을 알 수 있었다.

미키는 히루네를 도와 보호복을 넣어두고는 각자 개인 장비를 집어넣는 인간 친구들을 무작위로 따라다니며 돕기 시작했다. 나는 미키에게 실험실에서 나와 윌켄과 거스가 장비를 풀어놓고 있는 창고로 가보는 게 어떻겠냐고 했다. 미키에게는 나만큼 민감한 무기 스캔 기능이 없었지만 내게는 없는 시각 확대 기능이 있었다. (이건 보안유닛과 과학 연구를 돕기 위해 만든 봇의 차이 중 하나였다.)

두 보안 자문이 풀고 있는 상자들을 잘 보아달라고 부탁하자 녀석이 확대한 영상을 제공했다. 거스가 자기 상자를 들어 수납함에 넣으면서 영상이 서로 다른 각도에서 본 화면들로 갈라졌다. 전에 타고 온 우주선에서 하고 싶었던 일이지만 그때는 둘이 장비를 너무 빨리 넣어버렸고 드론에게 조사해달라고 했다가는 아마 불필요한 눈길을 끌었을 것이다. 거스가 미키를 슬쩍 보더니 상자를 넣고 말했다.

"뭘 봐?"

내가 미키에게 말했다.

"돈 아베네가 여러분이 짐을 정리하는 데 도움이 필요하지 않은지 물어보라고 했습니다"라고 말해.

미키는 고개를 똑바로 세우고 그 말을 그대로 반복했다. 완벽하게 순진무구한 봇만이 할 수 있는 방식으로 완벽한 순진무구함을 담아서.

거스가 살짝 웃으며 말했다.

"아니 괜찮아, 귀여운 봇아."

윌켄이 킬킬거렸다.

'귀여운 봇'이라니, 진심일까? (끔찍한 살인 기계 취급과 유아 취급 사이의 어딘가에는 분명 행복한 중간 지대가 있어야만 한다.) 나는 미키에게 친구들이 있는 곳으로 돌아가라고 했다. 미키가 통로를 돌아가다가 내게 물었다.

린, 왜 저 둘은 내가 상자를 보는 걸 싫어하지?

누구도 애완용 로봇이 스캐너를 들이밀고 다니는 걸 좋아하지 않는다. 하지만 나는 산만해져 있어서 그냥 이렇게 말했다.

나도 모르겠어.

모양으로 보건대 상자에는 무기와 탄약 그리고 나도 드라마에서만 봤던 자체 조절식 고급 장갑 몇 벌이 들어 있었다. 회사는 절대 우리에게 그렇게 좋은 장갑을 지급하지 않았다. 물론 우리 장갑이 정기적으로 산산조각 나기도 했지만. 드론은 없었다. 인간은 보안드론을 잘 다루지 못했다. 드론에게 지시를 내리려면 다중 처리 능력이 필요한데 인간은 광범위 증강 시술을 받지 않으면 그렇게 하지 못했다. 드론이 없다 해도 그 둘은 만반의 준비를 갖춘 것처럼 보였다.

별 이유 없을지도.

나는 그런 기회가 온다면 뭔가 훔쳐야 할지 어떨지 결정하려고 궁리 중이었다. 자체 조절식 장갑은 엄청나게 끌렸고 코드를 조금 수정하기만 하면 훨씬 더 좋을 터였다. 하지만 무기 스캔을 통과하는 것만으로도 충분히 힘들었다. 저렇게 부피가 큰 물건을 짊어지고 다니다가는 잡힐 가능성만 더 커질 것이다.

미키는 조종실 아래에 있는 승무원 구역으로 올라갔다. 아베네와 히루네가 브라이스와 에지로와 함께 있었다. 케이더와 비볼은 바로 위층 조종석에 있었다. 인간들은 구부러진 소파를 마주 볼 수 있도록 간이 의자 몇 개를 돌려놓고 방 한가운데 떠 있는 구형 디스플레이를 보고 있었다. 디스플레이에 떠 있는 배치도로 보면 이들은 시설을 훑고 지나가려고 계획한 경로를 검토하는 중이었다. 내가 조심스럽게 각자의 피드 주위를 찔러보고 있을 때 아베네가 자기 옆자리를 두드리며 말했다.

"앉아, 미키."

미키는 아베네 옆에 있는 소파에 앉았다. 다른 어

떤 인간도 아무 반응을 하지 않았다. 이런 상황이 완벽하게 정상인 게 분명했다.

"시설 내부를 볼 수 있게 되어서 신나지, 미키?" 히루네가 배치도의 각도를 바꾸며 물었다. "지도만 쳐다보고 있는 거 이제 신물이 나."

"나도 신나!" 미키가 따라서 말했다. "우리는 이번 평가를 잘할 거고 그러면 다음 임무를 받을 수 있을 거야."

에지로가 웃었다.

"그렇게 쉬우면 좋겠네."

브라이스가 말했다.

"난 쉽든 어렵든 상관없어. 이제 적어도 움직이잖아! 미키도 우리랑 무스를 하고 노느라 지겨울 거야."

"난 게임이 좋아. 할 수만 있으면 맨날 게임을 하고 싶어."

미키가 말했다.

나는 어두운 내 공간으로 후퇴해야 했다. 다시 감정이 몰려오고 있었다. 화가 치밀었다.

멘사 박사가 나를 사기 전에 내가 인간의 의자에

앉아본 횟수는 셀 수 있을 정도였다. 게다가 고객 앞에서는 절대 앉지 않았다.

내가 왜 이렇게 반응하는지 알 수 없었다. 인간 형태의 봇을 질투하는 걸까? 나는 애완용 로봇이 되고 싶지 않았다. 그래서 멘사 박사 일행을 떠났다. (멘사가 애완용 보안유닛을 원한다고 말한 건 아니었지만. 나는 멘사가 애초에 보안유닛을 원했다고 생각하지 않는다.) 미키는 내가 원하는 무엇을 가진 걸까? 알 수 없었다. 나는 내가 무엇을 원하는지도 몰랐다.

그래, 그게 아마 이 문제의 주요한 부분일 것이다.

나는 다시 미키의 피드로 돌아갔다. 돈 아베네가 이야기하고 있었다.

"네가 사람을 많이 경험해보지 않았다는 걸 염두에 둬. 우리는 너를 가족으로 생각하지만 다른 사람이 보기에는 외부인일 뿐이거든. 아마 그래서 우리 보안 팀도 네가 자기들 물건 쳐다보는 걸 안 좋아했을 거야."

이런. 나는 미키의 카메라로 돌아가서 놓친 대화를 다시 확인했다. 미키는 자신이 거스와 윌켄의 상자를 봤을 때 거스가 왜 그렇게 반응했는지 물었다. 다행히 아베네는 시설의 배치도를 보면서 대답하느라 정신이 산만해서 미키에게 왜 보안팀을 보러 갔냐고 묻지 않았다. 만약 아베네가 물어봤다면 미키는 나에관해 이야기했을까? 그 질문에 어떻게 대답했을까?

나는 원래 계획대로 미키를 장악해버릴 수도 있었지만 아베네 일행과 미키의 교류 관계는 믿을 수 없을 정도로 복잡했다. 내가 그 흉내를 낼 수 있을 것 같지 않았다. 증강인간 보안 자문 역할을 익히는 것도 충분히 힘들었고 그건 나를 아는 인간을 속이는 일도 아니었다. 아니, 내가 가장하고 있는 인물을 아는 사람을. 아니, 에라 모르겠다.

초조하게 그리고/혹은 화가 난 듯이 들리지 않게 하려고 애쓰면서 내가 말했다.

미키, 돈 아베네에게 나에 관해 이야기하지 않겠다고 한 걸 기억해.

안 할 거야, 린.

미키가 너무 차분하고 사근사근해서 내 기능 안정성이 2퍼센트 떨어졌다.

난 약속했어.

나는 간신히 속으로 화를 삭였다. 하지만 미키의 코드에는 질문이 있을 때 돈 아베네를 찾아가는 행동이 들어 있는 게 틀림없었다. 앞으로 나는 미키의 질문에 가능한 한 완벽하게 대답해야만 했다. "나도 몰라"로는 끝이 나지 않는 게 분명했다.

히루네가 아베네에게 물었다.

"지금까지 우리 보안팀은 어떤 것 같아?"

아베네가 말했다.

"사실 난 좋아. 테라포밍 시설에 관해서는 별로 아는 게 없어 보이지만 그건 상관없으니까."

상관있을지도 모르지. 난 생각했다. 하지만 보안유닛의 교육 모듈은 쓰레기였고 테라포밍에 관해 내가 아는 건 아무 관심도 없던 상황에서 조금 주워들은 게 전부였다. 따라서 나도 뭐 대단한 권위자는 아닐 것이다.

미키의 눈을 통해 나는 히루네가 다른 둘을 힐끗 쳐다보는 모습을 보았다. 그 둘은 뭔가 조정하는 일에 관해 이야기하고 있었다. 히루네가 목소리를 낮췄다.

"그렇겠지. 두 명만 가지고는 약탈자가 있을 때 별 도움이 안 될 것 같은데."

아베네가 코웃음 쳤다.

"만약에 약탈자가 있으면 우린 바로 철수해서 환승 정거장으로 가야지."

약탈자를 눈으로 봤을 때는 이미 늦은 것이다.

내 반응이 피드로 흘러들어갔는지 미키가 불안한 목소리로 물었다.

안전하게 지켜줄 거지, 린?

그래, 미키.

나는 대답했다. 그게 내가 한 말이었고 난 그 말을 고수할 생각이었으니까.

4

나는 미키의 피드에서 원래 상태 배치도 위에 겹쳐 표시된 테라포밍 시설의 스캔 정보에 접속했다. 아하. 내가 원하는 증거를 어디서 찾아야 할지 알 것 같았다.

미키의 카메라를 통해 시설이 점점 가까워지는 모습을 셔틀의 디스플레이에서 보았다. 트랙터 배열은 이미 지나쳤는데 정거장에 자동으로 보내는 보고에 따르면 여전히 최적의 가동률을 보이고 있었다.

상층 대기권에 있는 테라포밍 시설은 거대했다. 정거장보다 훨씬 컸으며 완전한 크기의 환승 고리보다 컸다. 공간 대부분은 실제로 테라포밍 과정을 제어하는 거대한 엔진이 들어 있는 포드가 차지했다. 행성의 모습은 눈에 보이지 않았다. 그 시설은 영구적인 폭풍이 부는 대기층 안에 있었다. 소용돌이치며 솟아오르는 구름과 그 속에 가득한 전기 방전이 표면의 모습을 가렸다.

"환경 수치는 전부 좋다고 나와." 조종석에 앉은 케이더가 피드를 통해 계기 이미지 한 장을 공유하며 말했다. "정말로 장비를 완전히 갖추고 들어가고 싶어?"

나는 긴장했다. 잘못된 대답을 내놓을 게 확실해 보였다.

미키, 아베네에게—

하지만 아베네가 대답했다.

"그래. 안전 대비를 완전히 하고 갈 거야." 그건 완전한 보호복과 여과기, 비상용 공기 그리고 연약한 인간의 몸을 위한 몇몇 보호 장구를 의미했다. "환경 상황을 조사하고 시설을 통제할 수 있게 될 때까지는 그렇게 할 거야. 그러고 난 다음에 다시 평가해보자고."

나는 안도했다. 그러다가 이들이 내 고객이 아니라는 사실을 다시 떠올렸다.

미키가 말했다.

괜찮아, 린. 돈 아베네는 항상 조심스러워.

나는 조심스러웠지만 죽은 인간을 많이 보았다. 하지만 미키에게 그런 말을 하지는 않을 생각이었다.

미키의 눈을 통해 나는 아베네가 첫 번째 평가를 위해 장비를 갖추는 모습을 지켜보았다.

케이더와 비불은 우주선에 남았지만 윌켄과 거스 그리고 히루네와 다른 두 연구자 브라이스와 에지로도 아베네와 미키와 함께 갔다.

윌켄이 먼저 출입구를 나갔다. 윌켄의 헬멧에 달린 카메라가 영상을 피드로 보냈다. 우리는 거주용 포드 안에 있는 승객 전용 선착장에 정박했고 탑승장은 무거운 장비나 표준 짐꾼봇이 들어갈 정도로 크지는 않았다. 전력은 살아있었는데 최소한에 불과했다. 비상용 띠 조명이 바닥과 벽의 중간 정도까지는 켜져 있었지만 그 위쪽과 천장에 있는 더 커다란 조명은 꺼져 있었다. 헬멧 카메라의 특수 필터가 없어도 인간이 볼 수 있을 정도의 밝기였다.

이 위치에 내리는 게 좋은 생각이었을까? 배치도에 따르면 우리 위층에 더 큰 다용도 탑승 공간이 있었다. 이 작은 하선장은 셔틀로 접근하는 무리를 막기에 좋았지만 문제가 생겼을 때 평가팀이 셔틀로 돌아오는 것 역시 어려웠다.

그게 나쁜 판단인지 아닌지 말하기는 어려웠다. 인간들이 보안에 젬병이라는 건 언제나 사실이었다. 나라면 드론을 먼저 전면 배치하고 인간들은 밀폐된 셔틀에 있게 했을 것이다. 내가 먼저 시설을 평가한(예를 들어 나를 공격하도록 미끼 역할을 하고 돌아다니면서 원치 않는 방문객이 없다는 사실을 확인한) 뒤에야 인간들이 들어오게 했을 것이다. 하지만 신경 쓰지 말길. 나도 내가 무슨 짓을 하고 있는지 모르겠으니까.

윌켄이 전진하면서 윌켄의 장갑에 달린 카메라가 평가팀의 피드로 영상을 보냈다. 윌켄이 출입구를 통과해 복도로 들어섰다. 나는 손상 부위를 찾지 못했다. 벽과 바닥에 얼룩과 긁힌 자국이 몇 개 있을 뿐이었고 그건 정상적으로 사용한 흔적이었다. 아베네와 히루네, 미키 그리고 브라이스와 에지로가 뒤따라왔고 거스가 맨 뒤를 맡았다. 나는 주의력을 일곱 가닥으로 나누어 각 인간의 헬멧 카메라와 미키에게 각각 부여했다. 평가팀 피드와 통신을 듣고 있었지만 그건 전부 미키를 통해서 오고 있었다.

아베네가 말했다.

"미키, 뭔가 들리는 게 있어?"

"없어, 돈 아네베."

미키가 말했다. 미키는 거주 시스템에서 나오는 활동 신호가 있는지 스캔하고 있었다. 그레이크리스가 지은 시설이었으니 나는 내게 익숙한 허브시스템이나 보안시스템 혹은 그와 호환되는 무엇인가를 예상하고 있었다. 사방에 보안카메라가 많았지만 활성화되어 있지 않았다. 미키가 옳았다. 이 안에는 죽은 공기 말고는 아무것도 없었다. 조명과 환경 유지를 위한 전력은 있었지만 피드 활동이 전혀 없었다.

활성화 상태로 남겨두고 가면 시스템이 외로울 거라고 생각했나 봐, 린.

미키가 말했다.

어떻게 생각해?

ART가 내 머릿속에 올라탔을 때 내가 이 정도로 멍청하다고 생각했을지 의문이었다. 그럴지도 몰랐다. 하지만 만약 그랬다면 ART는 그 말을 했을 가능성이 컸다.

그럴지도 모르겠네.

내가 말했다. 내가 미키의 질문에 전부 대답하지 않으면 근처에 있는 인간에게 우연히 나에 관해 흘릴 수도 있다는 사실을 이제 알고 있었기 때문이다. 하지만 이내 나는 GI가 소유권을 요청하기 전까지만 해도 대기 중에서 붕괴해 불타버릴 예정이었다는 사실을 떠올렸다. 내가 덧붙였다.

그레이크리스가 철수할 때 거주 시스템의 중앙 코어를 제거했을지도 몰라. 손실을 줄이려고 말이야.

이렇게 복잡한 시설을 운영할 수 있는 보안시스템과 허브시스템은 굉장히 비쌌다. 난 그레이크리스에 관해 잘 몰랐지만 나를 소유했던 회사라면 그 정도 되는 돈을 남겨두지 않았을 것이다.

그리고 미키가 말했다.

"돈 아베네, 어쩌면 그레이크리스가 철수할 때 거주 시스템의 중앙 코어를 제거했을지도 몰라. 손실을 줄이려고 말이야."

이런 쌍.

"그거 말이 되네."

히루네가 말했다. 히루네는 자기 통신기를 만지작거리고 있다가 덧붙였다.

"간섭이 좀 있어. 어쩌면 차폐막일까? 이제 정거장 소리가 들리지 않아. 셔틀 피드에 있는 케이더와 비볼은 아직 들을 수 있는데 말이야."

에지로가 자기 피드에 신호 간섭 샘플을 불러와 살펴보았다.

"맞아. 차폐막이 상당히 강한 건 알아. 아마 대기의 교란 때문일 거야."

그 말이 신호라도 되는 것처럼 때마침 폭발하는 듯한 잡음이 통신과 피드를 1.3초간 먹먹하게 만들었다.

날씨가 험하네.

비볼이 통신기로 한마디 했다.

비 조심해.

평가팀이 키득거렸다. 미키는 팀 피드에 즐거움 기호를 보냈다. 아, 자주 하는 농담이로군. 그런 건 하나도 성가시지 않다. 월켄과 거스는 부수적인 일에 관심을 두지 않았다.

앞에서 이끌던 월켄이 복도를 벗어나 좀 더 넓은 공간으로 나섰다. 장갑의 스캐너가 확인한 결과, 생명체의 징후는 없었다. 월켄은 주위를 돌아다니며 아무 이상이 없음을 확인한 뒤 다른 이들에게 들어오라고 신호했다. 배치도에는 이 공간에 아무 이름도 붙어 있지 않았지만 제염제독용 칸막이방이 있었고 벽에 붙어 있는 선반에는 환경 보호복이 있었다. 이번에도 인간들이 카메라를 돌려대는 동안 아무 손상도 눈에 띄지 않았다.

브라이스가 말했다.

"여기가 깨끗한 시설이었던 거 맞아? 난 바이오 포드는 따로 떨어져서 밀폐되어 있는 줄 알았는데. 배치도에는 그렇게 나와 있었잖아, 안 그래?"

"분명히 그랬어."

히루네가 말했다. 히루네는 가장 가까운 제염제독용 칸막이방의 패널을 확인했다. 아직 전력이 들어와 있었지만 문은 모두 위쪽으로 열려 있었다. (마음이 놓였다. 뭔가 숨어 있을지도 모르는 칸막이방은 정말 재미없었다.) 히루네가 사용 기록을 피드로 내려받으려고 했지만 내부 저장소는 비어 있었다.

나는 케이더와 비볼을 확인했다. 둘은 피드에 찰싹 달라붙어 있었지만 케이더는 아직 정거장 쪽으로 채널을 하나 열어두고 있었다. 약간 간섭이 있었지만 정거장의 항구관리소에서 여전히 핑 신호와 응답을 받고 있었다. 내부에 진입한 팀이 정거장과 연결이 끊긴 건 대기가 가로막고 있기 때문인 것 같았다.

어쨌든 이제 움직일 시간이었다. 나는 숨어 있던 공간에서 빠져나왔다. 복도를 지나 기록이 남지 않도록 한 채 출입구를 열고 나갔다. 정거장에서 탈 때는 케이더가 출입구 열리는 소리를 들었지만 이번에는 평가팀 피드에 너무 집중하고 있어서 알아채지 못했다.

나는 더 차가운 테라포밍 시설의 공기 속으로 나왔

다. 출입구가 닫히며 밀폐됐다.

평가팀은 이미 제염제독실에서 나와 바이오 포드의 상태를 확인하고 갔다. 나는 복도를 따라 걸어갔다. 이전에도 장갑이 그리울 때가 있긴 했다. 보통 환승 고리에서 군중 사이를 뚫고 지나가야 할 때였다. 살아남기 위해서 장갑을 벗을 수밖에 없게 된 뒤로, 게다가 아이레스 일행과 여행한 뒤로는 인간과 이야기하고 시선을 마주치는 데 어느 정도 익숙해졌다. 내키지는 않았지만.

육체적인 위협을 느껴서 장갑을 그리워하기는 처음이었다.

나는 조용히 제염제독실을 지나 밖으로 나가는 복도로 들어갔다. 그리고 바이오 포드와 먼 쪽인 지오 포드를 향해 갈라지는 길을 택했다. 이 복도는 미키의 카메라와 평가팀의 피드에서 보고 있던 것과 똑같았다. 아무 손상도 없고 급하게 떠난 흔적도 없는 그냥 조용한 복도였다.

(내가 왜 여기저기 부서진 모습과 인간 직원들이 목숨을 구하려고 달려간 흔적을 보게 될 거라고 예상했는지는 모르겠

다. 어쩌면 또다시 라비하이랄을 생각하고 있었는지도 몰랐다. 그 장소를 보고 무슨 일이 벌어졌는지 알아낸 뒤에는 부분적인 기억이 사라질 거라고 생각했겠지만 아니었다. 그렇지 않았다.)

이상할 일이 없었지만 이상했다. 나는 미키와 평가팀의 피드를 계속 켜두었기 때문에 그들이 정확히 어디에 있는지 알고 있었고 그들의 목소리는 조용한 피드를 채웠다. 그러나 이곳에는 어딘가 내 옷 아래 인간 피부가 스멀거리게 만드는 면이 있었다. 마음에 들지 않았다.

무엇이 나를 거슬리게 하는지 콕 집어 말할 수는 없었다. 스캔에는 아무것도 없었다. 그리고 평가팀으로부터 멀리 떨어진 이곳에서는 공기가 순환하는 소리 말고는 아무 소리도 나지 않았다. 어쩌면 내가 접속할 수 있는 보안카메라가 없기 때문인지도 몰랐다. 하지만 카메라가 없는 상황에서 더 나쁜 곳에도 있어 보았다. 잠재의식 속에서 뭔가 느낀 걸 수도 있었다. 사실 꽤 실제적인 느낌이었다. 실재의식이라고 해야 할까? 현재의식? 에라, 여기에는 찾아볼 수 있는 지식 데이터베이스가 없었다.

평가팀은 멀리 떨어진 곳에 있는 복도를 지나고 있었다. 왼쪽에 있는 커다랗고 둥근 창문 밖으로 회색과 자주색이 섞인 구름이 폭풍 속에서 소용돌이치는 모습이 보였고 오른쪽에는 여러 기계실로 이어지는 출입구가 열린 채로 있었다. 아베네가 개인 채널로 미키에게 말했다.

소름이 끼치는 곳이야, 미키.

나도 그렇게 생각해.

미키가 말했다.

텅 비어 있지만 눈앞에 갑자기 누가 나타날 것 같은 느낌이야.

음, 미키는 틀리지 않았다. 앞쪽의 허공에서 뭔가 번쩍였다. 하지만 승강기 탑승 지점에 가까이 가자 비상용 표식이 천장 아래에 떠서 서른 가지 언어로 비상 탈출 절차를 나열하고 있을 뿐이라는 것을 알 수 있었다. 허브시스템은 원래 끊임없이 통역을 제공한다. 그리고 아마 비기업형 정치적 독립체도 자기네들 피드에 비슷한 게 있을 것이다. 하지만 비상시에는 피드가 꺼진 상태일 때도 지시 사항을 명확하게 볼 수 있는 게 나을 것이다. 바로 그게 이 텅 빈 껍데기 안에서 명랑하게 그 일을 하고 있었다.

나는 미키와 개인 통신을 열었다.

난 이제 승강기를 이용할 거야, 미키. 만약 네 스캔이 전력의 변동을 포착하더라도 아무한테도 말하지 마.

알았어, 린. 어디로 가는데?

지오 포드를 살펴봐야 해. 내가 받은 명령의 일부야.

승강기는 핑 신호에 반응했고 1.5초 뒤에 도착했다. 그때 나는 내가 미키에게 내 임무가 평가팀의 보안을 강화하는 거라고 이야기했던 게 떠올랐다. 이런.

다행히 미키는 명령에 관해 이해하고 있었고 내게 질문할 생각은 하지 못했다.

조심해, 린.

미키가 말했다.

소름 끼치는 곳이야.

나는 승강기에 타고서 중앙 지오 포드로 가라고 말했다. 문이 닫히며 승강기가 움직였다. 나는 배치도를 보며 승강기가 어디로 움직이는지 추적했다. 승강기는 대기 분산용으로 쓰는 거대한 구체를 지나는 구부러진 경로를 따라 움직였다. 나는 미키에게 그레이 크리스가 저질렀을지도 모를 외계인 유물 규정 위반에 관한 자료를 수집하려고 왔다고 말할까 고민했다. 내가 하는 일이 아베네나 평가팀 혹은 굿나잇랜더 인디펜던트에게 해를 끼칠 일은 없었다. 나는 이미 너무 거짓말을 많이 하고 있었다. 미키는 곧바로 아베네에게 말할 터였다. 분명히 그럴 것이다. 이 테라포밍 시설에 어딘가 모호한 면이 있다는 사실을 평가팀이 스스로 알아내지 못하지는 않겠지만. (승객 출입구 근처에 제염제독실이 있다는 것처럼. 테라포밍을 하기 위해서라면 깨끗한 시설이 필요하지 않지만 외계의 생물 잔해를 파헤친다면 이야기가 다르다.) 만약 미키가 아베네에게 말한다면 아베네는 어떻게 알았냐고 물을 것이고 미키는 나에 관해 말할 게 뻔했다. 직접적인 질문에 거짓말하지는 않을 테니까.

무자비한 살인 기계로 산다는 게 수많은 도덕적 딜레마를 야기한다는 사실을 알아서 하는 소리다.

(맞다. 빈정거리는 거다.)

승강기가 멈추고 문이 열리자 또 텅 비고 조용한

복도가 나왔다. 복도를 따라 빙 돌아가자 중앙 지오 허브로 통하는 커다란 출입구가 나왔다. 지오 허브는 커다란 반구 모양의 공간이었는데 천장 일부가 투명했다. 나는 미키와 바이오 포드로 가는 인간들의 카메라를 통해 이미 폭풍을 보았지만 중간에서 전달해 주는 인터페이스 없이 직접 내 눈으로 보는 건 달랐다. 구름은 끊임없이 움직이는 색채와 구조였다. 소용돌이라기보다는 느릿느릿하고 육중한 움직임이었다. 그건 광대하며 비현실적이었고 끔찍했으며 아름다웠다. 동시에 모든 느낌을 받을 수 있었다. 나중에 보니 나는 그 자리에 22초 동안 서서 가만히 바라보고 있었다.

뭔가 피드로 흘러들어간 모양이었다. 미키가 말했다.

뭘 보는 거야, 린?

그 말에 나는 몸을 떨며 마법에서 빠져나왔다.

그냥 폭풍. 지오 포드에 투명한 돔이 있어.

나도 볼 수 있어?

안 될 이유가 없어 보였다. 그래서 시각 정보를 복

사한 뒤 내가 보안유닛이라는 사실을 알게 될지도 모를 코드를 제거하고 피드를 통해 미키에게 전달했다.

예쁘다!

미키가 말했다.

미키는 아베네를 따라 경사로를 내려가며 영상을 몇 번 돌려보았다. 그들은 승강기 탑승 지점을 지났다. 하지만 모든 인원이 한 번에 탈 정도로 넓지 않았고 분별 있게도 윌켄은 인원을 나누기를 거부했다. 윌켄의 카메라에서 나오는 피드를 통해 나는 잠재적인 생물학적 위해를 나타내는 기호가 담긴 표식이 떠 있는 모습을 보았다. 그들은 거의 도착했고 나는 서둘러야 했다. 그들이 바이오 포드 확인을 마쳤을 때쯤에는 셔틀로 돌아가 〈거룩한 위성〉을 보고 있고 싶었다.

접속용 콘솔은 꺼져 있었고 데이터 저장소는 완전히 제거된 상태였다. 단순히 시스템을 삭제하는 것보다 훨씬 더 안전한 방법이었다. 하지만 내가 보려고 한 건 그게 아니었다.

배치도에 따르면 이 시설은 채굴기를 이용했다. (사

실은 지질 조작 반자동… 어쩌고저쩌고인데 내가 영구 저장소에서 이름을 삭제한 모양이었다. 어쨌든 봇은 아니고 지질 시스템의 확장에 불과한 것이다.) 채굴기에는 작업 내용과 절차를 기록하는 내장 저장소가 있었는데 스캔 기능도 있었고 발견한 내용을 기록하기도 했다. 나는 채굴기의 인터페이스 콘솔을 찾아내 부팅했다. 됐다. 채굴기는 아직 이곳 지오 포드 아래에 처박혀 있었다. 모 시스템이 없는 비활성 상태로 우리가 타고 온 셔틀의 세 배쯤 되는 보관소 안에 웅크리고 있었다.

인터페이스를 이용해 나는 채굴기를 깨우지 않은 채 저장소를 복사할 수 있었다. 누군가 잊지 않고 기록을 버리라고 명령을 내려놓기는 했다. (그러면 품질 보증이 무효가 되지만 어차피 행성으로 추락할 예정이라 아무도 신경 쓰지 않은 모양이었다.) 그 누군가에게는 불행하게도 채굴기는 기록을 버퍼 메모리에 버렸고 시간이 지나 지워지기 전에 꺼지고 말았다.

상당한 양의 데이터였다. 하지만 나는 작업 명령과 기타 관계없는 것들을 제외하고 조회할 수 있었다. 데이터를 내가 이식한 여분의 메모리 클립에 복사하기 위해서는 직접 연결을 해야 했다. 그건 곧 내 오른쪽 팔뚝의 총구 주변 피부를 다시 벗겨내야 한다는 뜻이었다. 일단 그렇게 하고 나자 진행은 상당히 빨랐다. 나는 시간을 때우려고 문을 바라보는 방향으로 콘솔 가장자리에 걸터앉아 〈거룩한 위성〉에서 가장 좋아하는 에피소드를 배경으로 틀었다. 그래도 채널 하나는 미키와 평가팀의 피드에 맞춰놓고 있었다.

내가 일을 막 마쳤을 때 미키가 말했다.

린, 그거 너야?

무슨 소리인지 알 수 없었다. 나는 드라마를 정지하고 콘솔과 거의 텅 빈 채로 잠들어 있는 채굴기의 두뇌로부터 나를 분리했다. 나는 평가팀이 아직 바이오 포드의 허브 안에 있다고 알고 있었다. (인간들은 유기 매트릭스용 장비에 대한 물리적 평가를 수행하며 콘솔을 재부팅하려는 중이었다.) 따라서 그 질문은 말이 되지 않았다.

뭐가 나라는 거야?

이거.

혼란스럽고 걱정스러운 목소리였다. 미키가 내게

음성 녹음을 하나 보냈다. 인간들이 통신으로 이야기하는 소리가 들렸다. 히루네와 에지로의 목소리가 들렸고 이어서 거스가 한마디 했다.

이 대화?

그건 있어야 할 곳에 있지 않은 봉쇄 설비에 관한 이야기였다. 나는 미키가 왜 혼란스러워하는지 알 수 없었다.

난 아직 지오 포드 안에 있어.

아니, 린. 이거 말이야.

미키가 통신기 음성을 제거하고 다시 재생했다. 그러자 인간들의 목소리가 훨씬 더 희미해졌다. 주변 잡음이 녹음된 소리였다. 공조 시스템 소리가 들렸다. 그리고 가볍게 쿵쿵거리는 소리도 들렸다. 심장 박동처럼 빠른… 아, 이런 젠장.

나는 다른 보안유닛에 응답하는 것처럼 미키의 피드에 코드를 던져 넣느라고 0.002초를 낭비했다. 지오 허브의 출입구에 도착해서야 말로 하지 않으면 미키가 어떻게 해야 할지 이해하지 못한다는 사실을 깨달았다. 나는 모퉁이를 짓쳐 돌아 승강기가 있는 곳을 향해 복도를 뛰었다.

**미키, 지금 정체불명의 잠재적인 적이 너희들 위치로 가고 있
어. 방향을 확인한 뒤에 네 고객에게 경고해. 순서를 지켜.**

미키는 스캔 범위를 넓혔다. 주의력을 소리 쪽에
집중하면서 다른 감각이 모두 죽었다. 미키는 더 넓
은 범위를 확인하려고 회전했다. 나는 아직 인간들의
피드에서 통신을 들을 수 있었다.

거스가 말했다.

"저 귀염둥이 봇이 뭘 하는 거지?"

"왜 그래, 미키?"

아베네가 물었다.

린ㅡ.

미키는 인간처럼 말하는 대신 내게 긴급히 도움을
요청하며 가공하지 않은 음향 데이터를 함께 보냈다.
나는 미키가 보안용이 아니라서 이런 상황에 대처할
수 있는 코드가 없으며 아마도 지각력을 지닌 채 활
동하는 적과 관련된 비상 상황에서 어떻게 해야 할지
아무도 알려준 적이 없다는 사실을 깨달았어야 했다.
승강기에 도착했지만 멍청한 승강기는 어딘가에 있

는 기본 정거장으로 돌아가 있었다.

승강기가 이곳으로 돌아오기를 기다리면서 멍청하게 서 있는 동안 나는 낭비하는 시간을 이용해 재빨리 상황을 분석하고 시설의 배치도와 비교해보았다. 나는 미키와 인간들 그리고 다가오는 적을 나타내는 표식을 달아 미키의 피드로 되돌려 보냈다.

미키는 벌써 인간들에게 이야기하고 있었다.

"돈 아베네, 뭔가 우리 쪽으로 오고 있어. 먼 쪽의 복도를 따라 셔틀로 돌아가야 해."

미키는 내가 만든 탈출로를 인간들에게 전달했다.

승강기 문이 열리자 나는 안으로 들어갔다. 목적지를 설정하면서 미키가 아직 처리 중인 주변 잡음을 내 탈출로 위에 투영한 것과 비교했다. 뭔지는 몰라도 이건 내 첫 번째 예상보다 훨씬 더 빠르게 움직이고 있었다.

나는 미키에게 말했다.

철수할 시간이 없어. 고객에게 그 자리에 은신하고 주변을 차폐하라고 해.

미키는 아베네에게 말했다.

"돈 아베네, 그게 너무 가까워. 여기 남아서 문을 막아야 해."

월켄과 거스가 마침내 상황을 이해했다. 나는 둘이 평가팀을 향해 셔틀로 가는 복도로 철수하라고 외치는 소리를 들었다.

내 예상을 다시 검토할 필요도 없었다. 복도 끝까지도 가지 못할 것이다. 이래서 인간은 보안 관련 일을 하면 안 된다. 상황이 너무 빨리 변해서 인간은 따라잡을 수가 없다.

나는 승강기를 바이오 포드로 보내놓았다. 평가팀의 위치와 가장 가까운 교차점이었다. 문이 열리자 사방이 소리로 가득 찼다. 비명과 에너지 무기 쏘는 소리. 나는 복도를 내달려 모퉁이를 돌았다.

이제부터는 나중에 나와 미키의 피드를 이용해 재구성한 내용을 바탕으로 묘사하겠다. 그 당시에는 아무리 나라고 해도 이런 생각밖에 들지 않았다. **아, 젠장. 아, 젠장.**

월켄과 거스는 평가팀을 바이오 허브에서 빼내 경사로를 올라 복도 세 개가 교차하는 지점까지 끌고

오는 데 성공했다. 그곳은 이 영역에서 공격을 받기에 가장 최적에 가까운 장소였다. 그러니까 만약 내가 누군가를 공격한다면 그보다 나은 곳을 찾지 못했을 거라는 소리다.

윌켄과 거스가 왼쪽으로 구부러지는 복도를 향해 무기를 발사하고 있어서 빈정거리고 있을 시간도 없었다. 그쪽에 있는 비상 조명도 꺼져 있어서 나는 그 둘이 무엇을 향해 쏘고 있는지 곧바로 볼 수가 없었다. 에지로는 멀리 떨어진 쪽 벽에 기대 있었는데 뭔가에 옆을 세게 부딪힌 듯 바닥으로 미끄러져 내려앉고 있었다. 오른쪽으로 가는 복도는 바이오 포드의 다음 구역으로 이어졌다. 갑문과 육중한 해치가 있었는데 옆으로 미끄러지며 닫히는 중이었다. 내 지시를 따르려고 애를 쓰던 미키가 벽에 있는 비상 접속 패널을 통해 그렇게 해놓았다. 브라이스가 뭔가에 맞은 것처럼 비틀거렸고 아베네는 브라이스의 팔을 잡고 휘청이지 않게 부축했다.

인간들은 모두 무사했고 멍청하게도 이런 곳에서 적을 조우하는 바람에 자기 고객들을 갖다 바치게 될

꼴이 된 윌켄과 거스가 적을 물리치고 있는 것처럼 보였다. 나는 막 물러설 참이었다. 그때 점점 좁아지고 있던 해치와 벽 사이의 공간에서 뭔가 움직였다. 너무 빨라서 영상을 다시 확인하지 않고서는 나도 제대로 볼 수 없었다. 내가 움직이기 거의 직전에 그건 미키를 지나 돈 아베네의 헬멧을 붙잡고 틈 사이로 끌어당겼다.

내가 움직이기 거의 직전에.

나는 교차점을 지나 그들 쪽으로 움직였다. 미키와 브라이스를 휙 지나쳐서 벽을 딛고 운동량을 이용해 2미터 위로 솟아올랐다. 그러자 돈 아베네의 몸과 같은 높이가 되었다. 나는 구석에 몸을 버티고 한 발로 닫히고 있는 해치를 딛고서 밀었다. 내 비유기물 부분에서도 무리라는 느낌이 왔다. 오랫동안 열어놓고 있을 수는 없었다.

아베네의 다리 하나가 브라이스를 강타해 바닥에 쓰러뜨렸다. 미키가 유일하게 재빨리 행동에 나설 수 있었다. 미키는 돈 아베네의 몸통을 붙잡았다. 이때 미키의 피드는 도와달라는 긴급 코드로 가득한 비명과 같았다. 나는 두 팔을 꼼짝 못 하게 잡으며 아베네의 허리에 한쪽 팔을 둘렀다. 다른 팔로는 미키를 붙잡으려고 필사적으로 허우적거렸다.

보호복을 입고 있지 않았다면 아베네는 반으로 찢어졌을 것이다. 혹은 해치에 장애물을 감지하는 안전 센서가 없어서 시간을 벌지 못했다면 짓눌렸을 것이다. 나는 아베네의 헬멧을 붙잡고 있는 거미 같은 물체를 떼어내느라고 3초를 낭비했다. 그건 빨간색에다가 관절이 많은 손가락 여덟 개가 있었다. 당시에 분간할 수 있는 건 그게 전부였다. 곧 확실한 해결 방법이 떠올랐다. 공기는 숨 쉴 수 있는 공기였다. 그리고 머리통만 달려 있다면 혹시 있을지도 모르는 오염 물질에 대해서는 나중에 치료할 수 있었다.

나는 아베네의 목 주변을 더듬거렸다. 익숙하지 않은 모양 때문에 속도가 느렸지만 손가락에 작은 손잡이가 닿았다. (내가 장갑을 입고 있었다면 늦기 전에 찾을 수 없었을 것이다. 내 손을 덮고 있는 인간 피부가 훨씬 더 예민했다.) 나는 손잡이를 누르며 돌렸다. 비상 해제가 이루어지면서 헬멧의 잠금이 풀렸다. 헬멧은 문에

1초 가까이 걸려 있었다. 내가 몸을 비틀어 빼내기에는 충분한 시간이었다. 그러자 반대쪽에 있던 물체가 틈새를 통해 헬멧을 쳐서 떨어뜨렸고 해치가 닫혔다. 나는 아직 머리가 붙어 있는 돈 아베네를 안고 내려섰다.

아베네는 숨을 몰아쉬며 내 재킷을 움켜쥔 채 내 몸에 기대 주저앉았다. 미키는 내 곁에서 걱정스럽게 아베네의 피드를 건드리고 있었다. 그러면서 기다란 손가락으로 부드럽게 머리카락을 들어 올리고 목을 확인했다.

미키가 말했다.

"돈 아베네, 의료 조치가 필요해? 돈 아베네, 제발 대답해줘."

거스와 윌켄은 복도 저편을 향하던 사격을 멈췄다. 내가 스캔해보니 그쪽에 뭐가 있었는지는 모르겠지만 이미 오래전에 사라진 뒤였다.

바닥에 쓰러져 있던 브라이스가 헐떡이며 말했다.

"그게 뭐— 괜찮—"

벽 아래에 웅크리고 있던 에지로가 외쳤다.

"아베네!"

나는 내 멋진 구조를 스스로 축하하고 있었다. (아무도 그런 일을 해주는 경우가 없기 때문이다.) 인간 보안 요원들은 말 그대로 이제야 막 뭔가가 고객의 머리를 훔쳐가려고 했다는 사실을 알아챘다.

이윽고 거스가 말했다.

"저건 보안유닛이잖아!"

모든 인간이 전부 나와 아베네를 바라보았다. 그게 문제가 아니라 월켄과 거스가 나를 향해 무기를 겨누고 있었다. 이런, 살인봇아. 도대체 왜 그랬니?

(나도 모른다. 지시를 받으며 모든 행동을 감시받다가 마음 대로 할 수 있게 되면서 도중에 내 충동 제어 능력이 괴상하게 변해버렸다는 사실과 관련이 있을지도 모른다.)

이 상황에서 벗어나는 유일한 방법은 그들을 죽이는 것이었다.

만약 그렇게 한다면 모두를 죽여야만 했다. 미키도 포함해서. 아베네도 포함해서. 아직 붙어 있는 아베네의 머리는 내 쇄골에 기대 있었고 내 인간 피부에 닿은 머리카락은 따뜻하고 부드러웠다.

그래, 그러니까 이 상황에서 벗어나는 단 한가지 똑똑한 방법은 전부 다 죽이는 것이었다. 나는 멍청한 방법으로 이 상황에서 벗어나기로 했다.

나는 내 표정과 목소리를 보안유닛답게 무감각하게 확실히 바꾸고 말했다.

"저는 굿나잇랜더 인디펜던트가 평가팀의 보안을 강화하기 위해 보낸 보안 자문관 린과 계약하에 있는 보안유닛입니다."

내가 보안유닛이라는 건 인정해야 했다. 방금 내가 한 일을 할 수 있는 증강인간은 없었다. 게다가 내 오른팔 소매는 아직 말려 올라간 채 팔뚝에 있는 총구를 드러내고 있었다. (구멍 주변의 비유기물 부품은 다친 부위를 교정하기 위해 설계한 증강물처럼 보일 수도 있지만 총구는 전혀 다른 것으로 보이지 않는다.)

그때 미키가 떠올랐다. 미키에게 내가 증강인간 보안 자문관이라고 이야기했던 일도. 나는 미키의 피드 안에 있었다. 비록 내 방화벽을 올린 상태였지만 아주 긴밀하게 연결되어 있었다. 미키는 지금까지 내내 이야기하던 린이 여기 서 있는 보안유닛이라는 사실을 알게 된 것이다. 그래, 기회가 있었을 때 미키에게 따로 이야기해놨어야 했다. 이제는 그럴 시간이 없었다.

나는 비공개 연결로 미키에게 말했다.

제발, 미키, 난 그냥 돕고 싶어.

미키는 고개를 들어 나를 보다가 다시 아베네를 바라보았다. 아직 멍한 상태에 뇌진탕이 왔을 가능성도 있는 아베네는 아직도 나를 붙잡고 있었다. 아베네가 나를 올려다보고 혼란스러워하며 이마를 찡그렸다. 나는 부상당한 인간을 위한 절차에 따라 아베네가 쇼크에 빠지는 일을 막으려고 체온을 올려두었다.

아베네가 말했다.

"미키…? 이건 누구야?"

미키가 말했다.

"보안 자문관 린은 내 친구야, 돈 아베네. 널 안전하게 하려고 말하지 말라는 부탁을 받았어."

흠. 거짓말은 아니었다. 하지만 진실도 아니었다. 어쩌면 미키에게도 숨기고 있는 면이 있을지도 몰랐다.

나는 거스가 놀란 시선을 윌켄에게 던지는 모습을

지켜보았다. 윌켄은 반응을 억제했다. 피드 연결로도 두 인간은 말을 하지 않았다. 셔틀에서 케이더가 도움이 필요하냐며 상황 업데이트를 요구했다. 브라이스가 말했다.

"에지로가 다쳤어." 브라이스는 몸을 떨며 벽을 밀치며 일어섰다. "아베네는 괜찮아? 어떻게 된 거야?"

아베네는 고개를 끄덕이더니 주춤했다. 아베네가 내 팔을 두드리며 살짝 밀었다. 나는 아베네가 혼자 설 수 있게 해주었다.

"난 괜찮아…."

아베네는 피드를 통해 케이더에게 그 자리에 머물라고 말했다. 그리고 소리 내어 말했다.

"에지로, 얼마나 다쳤어?"

"어깨를 다쳤어."

에지로가 말했다. 목소리에서 스트레스가 묻어났고 고통 때문에 절박한 표정이었다. 나는 의료시스템을 호출하려다가 그게 없다는 사실을 떠올렸다. (나도 안다. 워낙 정신이 없었다.) 에지로가 덧붙였다.

"그게 뭐였어? 제대로 보지도 못했어. 형체밖에 못

봤어."

월켄과 거스는 아직도 내게 무기를 겨누고 있었다. 돈 아베네와 미키가 사선을 가로막고 있었고 만약 월켄이나 거스 중 한 명이 움직인다면 나는 뭔가 해야만 했다.

그때 미키가 말했다.

"돈 아베네, 히루네가 없어졌어. 피드나 통신으로도 응답이 없어."

음, 젠장. 내 고객이 아니었던 터라 머릿수는 세지 않고 있었다. 나는 히루네의 피드를 확인했다. 아베네와 월켄, 거스, 브라이스, 에지로도 모두 그 안에서 히루네를 부르고 있었다. 히루네의 피드는 여전히 온라인 상태였지만 아무런 활동이 없었다. 살아는 있지만 의식이 없다는 뜻이었다. 범위가 제한된 내 스캔으로는 아무것도 찾을 수 없었다. 미키도 마찬가지였다.

셔틀의 통신에서 비볼이 욕하는 소리, 케이더가 닥치고 귀를 기울이라고 말하는 소리가 들렸다.

아베네는 겁에 질린 표정을 지었다. 미키가 공통 피드에서 내가 도착하기 직전 몇 초 동안의 상황을 재생했다. 영상을 분해하자 바이오 포드로 이어지는 주 복도에서 재빨리 움직이는 흐릿한 형체가 보였다. 해치를 닫는 장치를 작동시키던 미키의 시야에는 센서의 환영에 불과해 보였다. 곧 미키가 중앙 시설로 이어지는 복도를 향해 몸을 돌렸지만 이미 늦었다. 보이는 거라고는 하루네의 보호복에 있는 점조명 불빛이 어둠 속으로 끌려들어가며 흐릿해지는 모습뿐이었다. 그 뒤쪽으로 윌켄과 거스가 총을 쏘기 시작했다. 너무 빨리 일어난 일이어서 윌켄과 거스는 하루네가 납치됐다는 사실을 깨닫지 못했던 것 같았다.

인간들은 팀 피드에서 영상을 확인했다. 에지로는 창백해 보였고 브라이스는 나직하게 욕설을 내뱉었다.

아베네가 거스와 윌켄에게 말했다.

"쫓아가야 해요. 그것들이 도대체 뭐— 그런데 왜 날 겨누고 있는 거예요?"

거스와 윌켄이 무기를 겨누고 있는 건 아베네가 아니라 바로 뒤에 있는 나였다.

윌켄이 말했다.

"저건 보안유닛입니다, 아베네. 이 상황을 정리할 때까지 거기서 물러서야 합니다. 린이라는 사람은 어디에 있지? 시설 어딘가에 있나? 우리가 GI에게 받은 브리핑과 들어맞지 않아."

아베네는 충격에 빠진 상태였지만 턱이 제자리를 찾았고 이내 표정도 굳었다. 내 눈에 아베네의 뇌가 다시 작동을 시작하는 게 보일 정도였다.

아베네가 되받아쳤다.

"히루네는 어디 있죠? 히루네를 잡아간 게 뭐예요? 우리를 지켜줘야 하는 거 아닌가요?"

윌켄은 물러서지 않았다.

"히루네를 찾기 전에 왜 보안유닛이 여기 있는지 알아야겠습니다. 이건 정당한 의문입니다."

미키가 아베네의 피드로 말을 걸었다.

제발, 돈 아베네. 린은 내 친구야. 린이 여기 있는 걸 알고 있었다고 말해줘.

나는 아베네가 애완용 로봇의 말을 받아들일 리가 없다고 생각했다. (물론 아베네의 애완용 로봇은 사실관계에 느슨한 태도를 보이고 있었다. 보안 자문관 린과 보안유닛이 사실 똑같다는 걸 적당히 뭉개는 방식으로 부탁했다. 따라서 미키의 말은 그다지 가치가 없었다.)

아베네의 화난 시선이 윌켄에게서 거스로 옮겨갔다. 아베네가 말했다.

"나는 린이 시설에 있을지 몰랐어요. GI는 우리가 떠나기 전에 내게 알려줬어요. 감독 부서에서 보안 강화를 위해 린을 보낸다고요—" 그녀는 불분명한 시선을 내게 보냈다. "린 자문관이 보냈어?"

다행히 나는 그냥 멍청하게 서서 아베네가 내게 제공해준 완벽한 기회를 놓쳐버리지 않았다.

"저는 린 자문관이 계약한 보안유닛입니다. 린 자문관은 정거장에 있고 셔틀로 저를 시설에 보냈습니다."

거스가 말했다.

"우리는 이런 이야기를 못 들었는데."

윌켄이 재빨리 거스를 노려보았다. 아직도 둘은 비공개 피드로 대화를 나누지 않고 있었다. 이 둘에게는 수많은 질문이 있을 게 분명했다. 내가 말한 시나리오, 한 고객이 다른 고객의 보안을 위해 보안유닛을 파견한다는 건 엄밀히 따져 가능했다. 보증 회사의 규정과 약관을 위반하는 일이었지만. 거스는 무기를 내게서 치우고 원래 겨누어야 할 방향으로 돌렸다. 아직 열려 있는 복도를 향해, 적이 히루네를 데리고 간 방향으로.

아베네가 쏘아붙였다.

"당신들이 무슨 이야기를 들었는지는 관심 없어요! 우리는 히루네를 찾아야 해요! 브라이스, 너는 에지로를 데리고 우주선으로 가. 거스, 당신이 함께 가줘요. 윌켄은 저를 도와주거나 아니면 저한테 총을 주고 다른 사람들하고 우주선으로 돌아가요."

아베네가 피드로 전환해 말했다.

케이더, 정거장 항구관리소에 우리 상황을 알려줘. 우리를 공격한 게 뭔지는 아직 잘 모르겠다고 말해. 이 항성계에 약탈자들이 있을지도 모르니까 조심하라고 전해줘.

케이더가 알겠다고 응답했다.

나는 어쩔 수 없이 약해진다. 나는 인간들이 단호한 모습을 보일 때가 좋다. (내게 총을 쏘지 않는 편에 있는 인간일 때라면 더욱.)

내가 말했다.

"린 자문관님은 제게 필요한 경우 어떤 방식으로든 도우라고 하셨습니다."

나는 아베네를 뚫어지게 응시했다. 나는 보안유닛이고 보안유닛이라면 그렇게 할 것이기 때문이었다. 우리는 고객을 향해 이야기하고 총을 들고 있는 인간들이 알아서 우리가 하는 말에 위협을 느낄지 말지 결정하게 한다. (당연히 느껴야 한다. 정말 위협적인 기분을 느껴야 한다.)

윌켄이 서둘러 말했다.

"우리는 여러분의 보안팀입니다, 돈 아베네. 당연히 가야죠. 하지만 당신은 다른 분들과 함께 거스와 돌아가세요. 제가 린의 보안유닛과 히루네를 쫓아가겠습니다."

에지로는 일어나려고 애를 쓰고 있었다. 브라이스가 에지로의 멀쩡한 팔 아래를 받쳐 똑바로 일으켜 세워주었다.

브라이스는 말했다.

"지금 피드로 케이더와 이야기하고 있어, 아베네.

비볼이 의료실을 준비 중이야."

지금 나는 더도 아니고 덜도 아닌 보안유닛이었으므로 내가 말했다.

"승강기를 타지 마세요. 적이 시스템을 장악하고서 자기가 있는 위치로 오게 만들지도 모릅니다."

"나도 알아."

거스가 쏘아붙였다.

나도 네가 안다는 걸 안다, 개자식아.

브라이스가 나를 향해 고개를 끄덕이며 약속했다.

"승강기는 안 됨." 그리고 아베네에게 말했다. "조심해."

아베네가 말했다.

"너도. 케이더와 연락을 끊지 마." 이어서 월켄에게 말했다. "논쟁할 시간 없어요. 가야 해요."

미키가 몸을 돌려 열린 복도를 향해 움직이기 시작했다. 거스가 길을 비켜줘야 했다. 아베네는 헬멧을 집어 들고 미키를 따랐다. 월켄은 주저했지만 거스에게 피드로 신호를 보냈다. 거스가 에지로와 브라이스에게 손짓했다.

"갑시다. 괜찮을 거예요."

나는 윌켄이 아베네의 앞에 서기 위해 보폭을 늘려 성큼성큼 걷기 시작할 때까지 기다렸다. 나는 아베네와 나란히 서도록 움직였고 셔틀로 돌아가는 일행을 감시할 수 있도록 브라이스의 피드를 배경에 깔아놓았다.

5

윌켄이 방금 고객 하나를 납치당하게 한 사람 같지 않게 유능한 전문가다운 목소리로 말했다.

"제 스캔에는 아무것도 안 보입니다. 하지만 범위가 제한되어 있어요. 히루네의 피드가 아직 살아있는 한 그걸로 찾아낼 수 있습니다."

정말? 그렇게 생각해? 미키가 이미 그 생각을 꺼내 아베네에게 알린 상태였다. 나는 당황하지 않으려고 애만 쓰고 있었다.

미키에게 비공개 채널로 말을 걸었지만 무슨 말을 해야 할지 알 수가 없었다. ("내 거짓말이 들통나지 않게 해줘서 고마워"는 조금 뻔뻔해 보였다.)

그러자 미키가 말했다.

네가 돈 아베네를 구했어, 린 그리고 보안유닛.

나는 미키와 나눈 대화를 다시 검토하며 어디서부터 잘못됐는지 확인해야 할 것 같다는 기분이 들었다.

내가 보안유닛인 걸 알고 있었어, 미키?

나는 보안유닛이라는 존재에 관해 잘 몰라. 내 지식 데이터베이스에 들어 있지 않거든. 이제 네가 린이 아니라면 뭐라고 불러야 해?

보안유닛이라고 불러.

나는 어째서인지 보안 자문관 역할을 하는 데 심취해 있었고 이번에는 선불카드조차도 받을 수 없었다. 으레 그렇듯이 나 자신을 탓하는 수밖에 없었다. 그래도 괜찮을 거라고 생각했다. 히루네만 구출하면 되는 일이니까. 그러고 난 뒤 저들의 셔틀을 얻어 타고 가야 하는 이유 하나만 생각해내고 린 자문관에게 돌아가야 한다고 말한 뒤 도망치면 된다.

어쩌면 상황은 괜찮은 것 이상으로 더 좋을지도 몰랐다. 만약 이 공격의 배후에 그레이크리스가 있다면 나는 그에 대한 영상 증거를 얻어서 지오 포드의 데이터와 함께 멘사 박사에게 보낼 수 있었다.

복도는 어두웠다. 윌켄의 카메라 영상을 보니 야간 필터를 쓰고 있었다. 우리가 지나갈 때마다 바닥과 벽에 있는 비상 조명용 표식이 빛났다. 아베네가 나직하게 욕을 하며 헬멧을 다시 쓰려고 애쓰고 있었다. 하지만 손잡이는 내가 헬멧을 벗기면서 부러졌다. 아베네는 몸을 숙여 헬멧을 바닥에 두고 윌켄에게 물었다.

"우릴 공격한 게 뭐였는지 짐작 가는 데가 있어요? 일종의 봇인가요? 회수 장치?"

사실 그건 그럴듯한 추측이었다. 나는 그 거미 손 같은 물체가 잘 나온 이미지를 한 장 갖고 있었고 바이오 포드의 물품 목록과 비교하면 그게 지표면 표본을 채취하기 위해 만든 장치 일부이거나 함께 쓰려고 만든 장비임을 확인할 수 있을 거라 생각했다. 시설의 시스템 코어가 없는 지금으로서는 목록을 확인할 방법이 없었다. 내 가설은 미키가 다가오는 소리를 들었던 그 적이 회수 장치를 활성화하고 그것을 이용해 팀을 혼란에 빠뜨리고 히루네를 붙잡아갔다는 것이었다.

월켄이 말했다.

"제 카메라에 찍히지 않았습니다. 약탈자들은 이 시설에 있으며 남아 있는 장비를 이용해 우리를 공격하고 있을 겁니다. 보안유닛, 린 자문관이 그걸 확인해줄 수 있을까?"

내가 말했다.

"린 자문관님도 추가 정보가 없습니다."

내가 선불카드를 받는 것도 아닌데 네 일을 해줄 이유가 있겠냐, 안 그래?

아베네가 피드로 미키에게 물었다.

미키, 린 자문관이라는 사람을 믿을 수 있어? 그 여자가 언제 너한테 접촉했어?

정거장에서.

미키가 대답했다.

린은 내 친구야. 네가 안전하게 있을 수 있도록 GI가 보냈어.

미키가 덧붙였다.

네가 다칠 뻔했는데 월켄과 거스는 도와주려 하지도 않았잖아.

그 사람들은 에지로와 브라이스를 보호하려고 했으니까.

아베네가 멍한 투로 말했다. 다른 데 신경이 쏠려 있는 게 분명했다. 아마도 내가 지어낸 이야기가 얼마나 형편없었는지에 관해서였을 것이다.

시간이 없었어.

나는 아베네가 (아무래도 미심쩍은) 보안 자문관과 계약한 보안유닛이 수수께끼처럼 나타날 가능성에 관해 생각하기를 원치 않았다. 아베네의 피드에 대고 말했다.

돈 아베네, 이 채널로 저와 비공개로 이야기하실 수 있습니다. 저는 언제나 고객과 접촉을 유지합니다. 당신의 보안팀이 아니라 당신이 제 주요 고객이라는 사실을 린 자문관이 명시했다는 사실을 유념하십시오.

내가 그쪽이 아니라 아베네의 편이라는 사실을 알려주려고 한 말이었다. 그보다 더 좋게 표현할 수도 있었을 것이다. 그러나 윌켄과 거스가 히루네를 구출하는 게 가능하다고 생각하지 않는 것이 분명했기 때문에 나는 편이 나뉠 게 거의 확실하다고 생각했다.

그게 보안 요원이 인간일 때의 또 다른 문제다. 인

간들은 포기할 수 있다.

아베네는 잠시 그룹을 다시 만들고 나서 내게 물었다.

너는 히루네를 데려간 게 뭔지 알아?

나는 아베네가 윌슨에게 물어보고도 다시 내게 직접 물어봤다는 점에 주목했다. 아베네도 편이 나뉠 거라고 생각하고 있었다.

내가 말했다.

저는 당신이 옳다고 보며 그게 회수 장치였다고 생각합니다. 적은 팀 인원 중 적어도 한 명을 데려가고 나머지를 죽이거나 부상을 입힌 뒤에 물러갈 의도였습니다. 그건 약탈자 무리가 할 법한 행동이 아닙니다.

내가 덧붙였다.

아마도 적의 계획은 여러분 나머지를 더 깊은 곳으로 끌어들여 죽이는 걸 겁니다. 그리고 운이 좋으면 셔틀에서 더 많은 인원을 내리게 해서 죽이고요.

실제보다 덜 무섭게 들리게 말해봤자 도움이 되는 일은 거의 없다. 고객은 우리의 상황 평가가 정확하다고 믿어야만 한다. (그래, 내 고객은 빼고.)

3초 뒤 아베네는 우리가 지금 적이 원하는 방식대로 행동하고 있다는 사실을 이해했다.

하지만 우리는 히루네를 찾아야 해. 맞설 방법이 있을까?

이미 맞서고 있습니다. 적은 당신에게 보안유닛이 있다는 걸 모릅니다.

인간이라면 호르몬에 발동이 걸려 자부심 넘치는 소리를 하는 것이겠지만 보안유닛은 그저 사실을 말할 뿐이다. 내가 틀레이시를 죽이기 전에 그랬던 것처럼. 그냥 앞으로 할 일을 이야기해줄 뿐이다.

아베네는 5초 정도 아무 말 없이 어두운 복도를 걸었다. 이윽고 아베네가 물었다.

너는 여기에 뭔가 위험한 게 있다는 걸 알고 있었어? 우리가 공격받을 걸 알고 있었어?

뭔가 여러분이 있는 쪽으로 다가오고 있다고 미키가 경고해주기 전까지는 몰랐습니다.

그건 사실이었다. 지금 당장이라도 셔틀에 숨어서 드라마를 볼 수 있다면 그편이 훨씬 더 나았다.

린 자문관은 시설 내부에 있는 적에 관한 어떤 정보도 없었습니다.

너는 어디 있었어? 린이 너를 보내서 정말로 시킨 일이 뭐야?

나는 속으로 휘청거렸다. 거짓말을 할까, 사실대로 말할까? 내가 이미 미키에게 말한, 일부만 거짓인 내용과 맞아떨어져야 했다. 그리고 내가 즉시 대답을 하지 않는다면 내가 머뭇거린 사실을 아베네는 알아채지 못해도 미키가 눈치챌 터였다.

저는 지오 포드에 있었습니다.

내가 필사적으로 말을 꺼냈다.

그레이크리스가 기묘한 합성물 협정을 깨뜨렸을 가능성에 관한 데이터를 모으고 있었습니다.

아.

돈 아베네가 말했다.

이제 말이 되기 시작하네.

아베네가 머뭇거렸다.

너는 히루네를 구할 수 있어? 만약 살아있다면 말이야.

네.

나는 꽤 자신 있었다.

아베네가 한숨을 내쉬었다.

그럼, 좋아. 함께 일하도록 하자.

사실대로 말한 게 먹힌 셈이었다.

우리는 어두운 부분을 지나 침침하지만 조명이 살아있는 다른 복도로 들어섰다.

윌켄이 말했다.

"전에 보안유닛과 일해본 적이 있습니까, 돈 아베네?"

"아뇨, 고향 항성계에서는 보안유닛이 불법이에요."

아베네는 초조해하고 있었다. 지금은 친구를 찾아오는 것과 관련이 없는 어떤 말도 윌켄에게서 듣고 싶어 하지 않았다.

우리는 교차점에 가까워지고 있었다. 윌켄이 피드를 통해 정지 신호를 보내고 멈춰서 스캔을 했다. 나는 끊임없이 스캔하고 있었지만 결과가 거지 같았다. 폭풍의 간섭 때문에 잡신호가 많은 게 분명했다. 윌켄이 말을 이었다.

"당신이 당신 봇과 친하게 지내는 건 알지만 저건 미키와 다릅니다. 살인 기계예요."

아베네가 고개를 들어 나를 바라보았다. 아무래도

실수였던 것 같지만 나는 시선을 내려 아베네를 바라보았다. 시선을 마주치고도 불안감을 느끼지 않는 게 놀라울 정도로 쉬웠다. 어쩌면 내가 미키의 피드를 통해 아베네의 얼굴을 보는 데 익숙해져 있었기 때문일지도 몰랐다. 아베네가 목에 난 자국을 만졌다. 회수 장치가 머리통을 잡아 뜯어가려고 했을 때 헬멧의 고리에 눌린 자국이었다. 아베네의 시선이 다시 월켄에게 향했지만 아베네는 비공개 채널로 내게 말했다.

나는 한 번도 보안유닛과 일해본 적이 없어. 보안유닛을 보거나 이야기해본 적도 없지. 그러니까 내 정보나 지시가 필요하면 알려줘.

명령을 어떻게 내려야 할지 알려달라고 한 인간은 겪어본 적이 없었다. 새롭고 흥미로운 점이었다.

린으로부터 당신을 도우라는 명령을 받았습니다. 나머지는 알아서 할 수 있습니다.

월켄의 스캔에 간섭이 일어났다. 스캔 범위 변두리에서 미키와 내가 잡은 것과 같은 잡신호였다. 우리는 교차점에서 우측으로 가는 복도를 택해 다시 움직이기 시작했다. 아베네가 내게 물었다.

두 번째 평가가 진행 중이라는 걸 GI가 왜 내게 알려주지 않았는지 말해줄 수 있어?

이건 얼마든지 대답할 수 있었다.

그레이크리스는 코퍼레이션 림의 평가 지역에서 델타폴 탐사팀을 죽이고 보존 연합 탐사팀을 공격한 혐의를 받았습니다. 뉴스 피드에 접속해서 자유무역항에 대한 관련 자료를 확인하시면 더 많은 정보를 얻을 수 있습니다. 그레이크리스가 이 테라포밍 시설을 이용해 금지된 활동을 했으며 재활용하려는 것을 방해하려 할지도 모른다고 의심할 만한 이유가 있었습니다.

이건 전부 사실이었다. 게다가 말하고 보니 그럴듯했다.

그렇군.

아베네가 굳은 목소리로 말했다.

그러니까 그레이크리스가 이 시설을 테라포밍이 아니라 기묘한 합성물을 채굴하는 데 사용했다는 거네. 남은 장비를 자세히 조사하면 그게 들통날 거라고 생각하고 있고.

아마도요.

나는 확신했다. 하지만 내가 틀렸다는 게 드러날 때를 대비해 빠져나갈 구멍을 만들어두는 건 오래된 습관이었다. 지배모듈의 처벌을 막는 데는 대개 도움이 되지 않았지만 항상 시도는 해봐야 했다.

지오 포드의 데이터를 검토하고 분석하기 전까지는 확실히 알 수 없습니다. 린 자문관은 데이터를 회수하면서 동시에 당신네 팀의 보안을 강화하는 게 최선이라고 판단했습니다.

앞쪽에서 복도가 끝나며 넓은 공간이 나왔다. 월켄이 멈추라는 신호를 보냈다. 나라면 5초 전에 그렇게 했을 것이다. 배치도에 따르면 이곳은 포드 사이의 전환 구역이었다. 전방의 그림자가 움직였지만 외부의 모습이 비친 것임을 알 수 있었다. 왼쪽에 커다란 현창이 있었다. 지오 포드에 있던 것과 비슷했지만 벽에 있었다. 그리고 빛과 구름이 움직이며 바닥에 그림자를 드리웠다.

월켄이 스캔 유닛을 사용했다. 그리고 우리에게 함께 전진하라고 손짓했다. 간섭은 더 심했다. 하지만 음향에서는 아무것도 나타나지 않고 있었다. 내가 미키에게 물었다.

스캐너 잡신호가 왜 생기는지 알겠어?

아니, 보안유닛. 날씨가 일으키는 잡신호와 비교해봤는데 똑

같아 보여. 하지만 원천은 달라. 이상하지?

월켄이 앞장서서 넓은 공간으로, 투명한 벽 반대편에서 휘몰아치는 폭풍의 그림자 속으로 들어섰다. 아직도 스캐너에 거의 온 신경을 쏟고 있었다. 구부러지고 비틀린 위쪽 지지대와 견고하게 버티고 있는 금속이 어딘가 외부에서 끊임없이 움직이고 있는 구름층을 닮았다. 아치 형태로 된 높은 갑문 세 개가 있었는데 지금은 열린 채 다른 포드로 이어지는 어두운 복도를 드러내고 있었다. 둘레의 4분의 3 정도를 주랑柱廊이 차지하고 있었고 반대쪽은 더 많은 복도가 나 있는 투명한 벽이었다. 미키의 피드 위치추적기는 이 층의 오른쪽에 있는 세 번째 복도를 가리켰다.

이상한 게 아니라 전략적인 거야.

내가 미키에게 말했다.

뭔가 날씨의 간섭을 이용해 신호를 숨기고 있어.

절망스러운 기분도 들었다. 제대로 된 분석을 해 주던 보안시스템이 그리웠다. 설령 그 신호를 분석할 수 있다고 해도 비교해볼 수 있는 데이터베이스도 없었다.

미키가 공용 피드로 바꿨다.

돈 아베네, 폭풍의 간섭을 이용하는 신호가 있—

내가 움직임을 감지했다. 관절이 움직일 때 나는 희미한 소리였다. 내가 미키에게 경고를 날리는 순간 위쪽 주랑에서 형체 하나가 폭발하듯 뛰쳐나왔다. 나는 아베네의 허리를 잡고 바로 그 세 번째 복도로 뛰어 나갔다. 목적을 완수하기 위해서 가야 할 방향이 그쪽이기 때문이었다. 첫 번째 단계는 적이 월켄을 상대하느라 바쁜 사이에 그곳에 도착하는 것이었다.

나는 아베네가 우리 편 유탄에 맞지 않을 정도로 멀리 떨어진 곳에서 멈췄다. (월켄이 하도 빠른 속도로 무기를 발사하고 있는 것으로 보아 거의 조준할 틈이 없는 것 같았다.)

미키가 1초 뒤에 도착했다. 나는 아베네를 내려놓았다. 아베네가 비틀거리자 미키가 붙잡았다. 자, 이것도 내가 인간 보안 요원을 싫어하는 이유 중 하나다. 만약 월켄이 보안유닛이었다면 내 최우선 목표는 명확했을 것이다. 계속 전진해서 히루네를 되찾고 히루네와 아베네를 안전한 곳으로 옮긴 뒤 돌아가 월켄과 적의 잔해를 수습하거나 뒤처리를 하는 것이다. 하지만 윌켄은 인간이었으므로 나는 돌아가서 그 멍청한 여자를 구해와야 했다.

미키가 내 피드로 이미지를 한 장 보내며 말했다.

그건 전투봇이야!

그래, 새로운 소식 알려줘서 고맙다, 미키. 아까 나는 아베네를 데리고 피할 때 도약 중이던 녀석의 사진을 선명히 찍을 수 있었다. 내가 말했다.

돈 아베네와 함께 있어.

그리고 다시 복도를 달려 돌아갔다.

다시 한번 말하지만 내가 이 상황을 모두 꿰고 있었던 것처럼 이야기하고 있다는 건 안다. 하지만 실제로 나는 그저 이런 생각뿐이었다. **이런 젠장, 이런 젠장, 이런 젠장.** 전투봇은 나보다 더 빠르고 강하며 중무장한 상태였다. 보안시스템의 피드를 사용할 수 있었다고 해도 직접적인 신체 접촉을 하지 않고서는 해킹할 수 없었다. 그리고 그런 시도를 하다가는 갈기갈기 찢어질 터였다. (나는 전에 갈기갈기 찢어져본 적이 있다. 그건 내가 피하고 싶은 일 목록에서 가장 꼭대기에 있다.)

나는 거의 최고 속도로 복도를 빠져나가며 공격을 구상하기 위해 상황을 뚜렷하게 볼 수 있는 이미지 한 장 얻을 시간을 벌었다. (사실 구상이라는 말에는 어폐가 있는데 이런 상황에서는 계획을 세운다는 게 정말로 어렵기 때문이다.)

월켄은 바닥에 쓰러져 있었고 방금 손에서 대형 무기를 놓쳐버린 상태였다. 전투봇이 그 위에서 몸을 숙이고 있었다. 모양으로 보면 인간 형태의 봇에 가까웠다. 미키와도 비슷했다. 키는 3미터이고 등과 가슴에 총구가 여러 개 있으며 절단과 베기, 에너지 투사 같은 여러 기능을 갖춘 팔이 네 개인 데다가 성격이 그다지 사랑스럽지 않다는 점만 빼면.

나는 적절한 궤적을 얻을 수 있을 정도만큼만 벽을 타고 올라간 뒤 뛰어서 전투봇의 머리 위에 올라탔다. 전투봇의 카메라와 스캐너는 그곳에 있었지만 실제로 연산과 기억을 하는 곳은 하복부에 있었다. (미키도 마찬가지였다. 인간은 언제나 머리를 쏘기 때문에 아래쪽이 더 안전했다.) (적어도 내게는 인간들이 머리를 쐈다. 그러니 아마 봇에게도 그럴 것이다.) 피부를 통해 펄스를 보내 내 통증 센서를 최대치로 자극한 것으로 미루어보아 전투봇은 내가 보안유닛이라는 사실을 알고 있었다. (나는 그걸 예상하고 이미 감도를 낮춰두었지만 느낌은 좋지 않았다.) 다음 펄스는 내 장갑과 폭발성 발사체 무기를 태워버리려는 의도였다. 둘 다 자유무역항에 두고 왔기 때문에 내게는 별 해를 끼치지 못했고 그 실수 덕분에 나는 내 오른팔에 있는 에너지 무기의 총구를 놈의 감각 입력 수집기에 갖다 대는 데 필요한 0.5초를 벌었다. 나는 최대 출력으로 쏘았다.

나는 그 0.5초가 필요했다. 내가 발사하는 순간 전투봇이 팔을 휘둘러 나를 머리에서 쳐냈기 때문이다. 나는 바닥에 부딪혀 3미터를 미끄러졌지만 전투봇은 일시적으로(이 '일시적으로'라는 부분이 정말 중요하다) 눈이 멀고 귀가 먹고 움직임이나 에너지를 스캔할 능력과 내장 무기로 표적을 조준할 능력을 잃은 채 양옆으로 비틀거렸다.

내가 몸을 똑바로 일으키는 사이에 윌켄이 때마침 몸을 굴리고 있었다. 나는 윌켄의 하네스에서 폭탄을 꺼낸 뒤 전투봇에게 몸을 날렸다. 피드에 잡신호가 터져 나오는 것으로 보아 전투봇이 감각 입력을 방금 정리한 것 같았다. 하지만 나는 이미 놈의 오른쪽 고관절 바로 위를 강타하며 폭탄을 박아넣었다.

전투봇이 커다란 손으로 내 머리와 어깨를 단단히 붙잡았다. 금속이 움직이는 느낌이 들었는데 그건 손에서 뭔가 날카로운 게 나오기 직전이라는 뜻이었다. 나는 생각했다. **아, 이런, 안 되네.** 놈은 가슴에 있는 여러 무기 중에서 아무것이나 써도 나를 파괴할 수 있었다. 하지만 화가 나서 나를 고통스럽게 만들려고 했다. 그때 폭탄이 터지며 둔탁한 소리가 작게 들렸다.

폭탄은 두 개로 나뉘어 있었다. 방금 터진 건 첫 번째 폭탄으로 육중한 차폐막에 구멍을 뚫는 용도였다. 전투복 장갑을 상대로도 거의 비슷한 효과를 낼 수 있을 터였다. 나는 아직 윌켄의 피드에 채널을 열어놓고 있었고 폭탄의 카운트다운이 시작되는 게 들렸다.

만약 전투봇에게 좀 더 자의식이 있었다면 거기서 멈추고 내 머리를 부숴버렸을지도 몰랐다. 하지만 방어 기능이 발동하면서 놈은 나를 옆으로 밀쳐놓고 폭탄을 처리하려고 했다.

나는 다시 바닥에 부딪혔고 전투봇이 폭탄을 후벼 파려고 하는 동안 몸을 일으켰다. 윌켄이 몸을 굴려 무릎을 꿇고 일어서더니 전투봇의 가슴과 머리를 향해 발사했다. 윌켄은 센서와 무기 총구를 노렸는데 그건 좋은 생각이었다. 덕분에 폭탄은 터질 기회를 얻었고 놈은 우리를 조준할 수 없었다.

바깥쪽의 플라스틱 껍데기는 떨어져 나왔지만 폭탄은 이미 전투봇의 장갑을 뚫고 들어가 있었다. 놈은 구멍 속으로 탐침을 넣어서 폭탄을 빼내려고 했다. 탐침이 뻗어 나올 때 윌켄이 취약한 관절 부위를 맞혔다. 그 덕에 폭탄이 터지기까지 필요했던 2초를 벌 수 있었다. 나는 손으로 머리를 감싸고 내 청력 감도를 낮춘 뒤 몸을 굴렸다.

폭발 소리는 둔탁했지만 전투봇의 몸이 바닥에 부딪힐 때의 진동을 느꼈다. 나는 일어섰다. 계획이 먹혔다는 데 그리고 내가 아직 살아서 기능한다는 데 놀라서 얼떨떨했다. (이게 바로 보안유닛이 배운 전투 방식이다. 표적에 몸을 던져 어떻게든 죽이고 난 뒤 수리용 칸막이방이 고쳐주기를 바라는 것이다. 물론 나는 더 이상 장갑이

나 수리용 칸막이방이 없다는 사실을 알고 있다. 아주 잘 알고 있지만 오랜 습관은 여간해서 바뀌지 않는 법이다.)

전투봇은 고철 덩어리가 되어 바닥에 쓰러졌다. 장갑 안에서 폭발이 일어났기 때문에 파편은 생기지 않았다. 폭발로 인해 전투봇 복부에 있던 연산장치와 기타 중요한 부품이 손상을 입었지만 아직 움직이고 있었다. 나는 윌켄에게 말했다.

"폭탄이 더 필요합니다."

윌켄은 바닥에 뻗어 있었지만 장갑 덕분에 청력을 간수할 수 있었다. 윌켄이 하네스에서 폭탄을 잡아채서 꺼내 위로 내밀었다.

나는 폭탄을 받아들고 하나씩 작동시켰다. 그리고 전투봇 장갑의 벌어진 부분에 떨어뜨린 뒤 물러섰다.

윌켄이 비틀거리며 일어나 전투봇을 겨눈 채 뒤로 물러났다.

내가 복도 입구에 닿았을 때쯤 폭탄이 터졌다. 폭발할 때마다 전투봇의 몸이 움찔거리며 경련했다. 마지막 폭탄이 터지고 난 뒤 나는 놈의 활동 여부를 스캔했다. 전력은 여전히 살아있었지만 첫 번째와 두

번째 연산장치가 모두 파괴되었다. 그 정도면 안심이
었다.

월켄도 직접 스캔을 확인했다. 월켄이 안도하는 소
리를 냈다.

"잘했어. 가자고. 저런 게 하나 있다는 건 더 있다
는 뜻이야."

음, 그렇지.

나는 월켄을 따라 미키와 아베네가 기다리는 곳으
로 갔다. 아베네는 마치 보호하려는 듯이 미키의 팔
을 붙잡고 있었다. 우리가 다가가자 아베네가 손을
놓고 말했다.

"저걸 작동시킨 자가 히루네를 데리고 간 게 맞
죠?"

"분명히 그럴 겁니다."

월켄이 막으려 했지만 아베네는 복도를 따라 걷기
시작했다. 월켄은 어쩔 수 없이 그 뒤를 따랐다. 내가
맨 앞으로 나섰고 미키는 내가 아무 말도 하지 않았
는데 알아서 아베네 옆에 섰다. 그건 좋았다. 미키가
전투에는 도움이 안 될지 모르지만 적어도 나는 월켄

이 뭐라고 지시하든 미키에게는 아베네가 최우선임을 알 수 있었다.

아베네가 피드로 셔틀에 경고하는 소리가 들렸다. 비볼과 함께 있는 일행에게 셔틀 안에 있으라고 다시 한번 말하며 어떤 상황에서도 절대 우리를 뒤쫓아오지 말라고 했다. 윌켄은 공격 장면을 찍은 자신의 카메라 영상을 거스에게 보냈고 거스는 알겠다는 신호를 보냈다. 그건 케이더보다 프로다운 자세였다. 케이더는 눈에 띄게 동요했지만 환승 정거장에 경고를 보냈고 항구관리소에 상황을 업데이트하고 있다고 알려왔다.

윌켄이 덧붙였다.

"전투봇을 사용할 수 있는 약탈자는 본 적이 없습니다. 하지만 뭐든지 처음이란 있는 법이지요."

나는 전투봇이 이 시설에 처음부터 있었던 장비라고 거의 확신했다. 상대는 회사의 방침이 '누구든지 죽여버리고 물건을 빼앗아 이득을 보자'인 것만 같은 그레이크리스였다.

아베네는 대꾸하지 않았다. 내 이야기를 들은 뒤로

는 아마도 상대가 약탈자라고 생각하지 않았을 것이다.

"그쪽은 우리가 오는 걸 알고 있어요."

놈들은 이미 알고 있습니다.

나는 비공개 3차 채널로 아베네와 미키에게 말했다. 그리고 이제는 다른 전투봇도 여기에 보안유닛이 끼어 있다는 사실을 알 테고 그에 따라 전략을 조정할 터였다.

내게도 전략이 있으면 좋으련만.

〔질의: 감시 구역에서 활동 중인 보안유닛에게〕

나는 걸음을 멈췄다. 0.02초 동안 고민하긴 했지만 비명을 지르지는 않았다.

무표정한 얼굴을 유지했다고 꽤 확신했지만 아베네와 미키가 나를 돌아보았다. 윌켄은 계속 움직였다.

나는 어떤 채널로 들어오는지를 알아내 차단하려고 노력하면서 다시 걷기 시작했다.

〔질의: 응답하라〕

미키가 내 피드에서 말했다.

보안유닛, 그게 뭐야?

대답하지 마, 미키. 전투봇이야. 우리 위치를 확인하려는 거야.

전투봇은 전투용 보안유닛처럼 해킹하지 못한다. 경비용 보안유닛처럼 보안시스템이나 허브시스템과 연결되어 일하지 않는다. 그래도 불안했다. 나는 그게 내 머릿속에 들어오지 않기를 바랐다. 미키의 머릿속에도.

〔질의: 보안유닛에게는 하부 유닛이 있다〕

무자비하고 즐거워하는 듯한 소리였다.

〔질의: 애완봇〕

거의 됐다.

〔목표: 너희들을 박살내겠다〕

나는 채널을 차단했다. 인간들의 주의를 끌지 않으려고 천천히 숨을 내쉬었다. 미키가 내게 괴롭다는 그림문자를 보냈다. 내가 말했다.

괜찮아.

그건 완전한 거짓말이었다. 나는 전투봇이 인간이 아니라고, 내가 보는 드라마에 나오는 악당이 아니라고 되뇌었다. 그건 봇이었다. 우리를 협박하는 게 아니었다.

그저 앞으로 하려는 일을 알려주고 있을 뿐이었다.

* * *

전투봇은 보통 통제하는 인간이 있어야 한다. 음, 어떤 목표를 달성하려고 노력하고 있다면 통제하는 인간이 있어야 한다. 만약 그 목표가 '폭풍이 일으키는 간섭과 일치하도록 만든 잡신호로 피드 네트워크를 위장한 채로 시설에 내린 모든 사람을 공격하라' 처럼 모호하다면 없어도 될지 모른다. 그러나 인질을 붙잡아 시설 깊숙이 우리를 유인한다는 건 그들에게 계획이 있음을 암시했다. 그레이크리스가 정거장에 요원을 남겨놓았을 수도 있었다. 항구관리소 직원들이 뻔히 보이는 곳에 숨어서 시설을 감시하는 것이다. 우리 셔틀이 언제 떠났는지 언제 시설에 정박했는지를 알 수 있었을 테고 팀이 포드에 도착해 평가를 시작하기까지 얼마나 걸릴지도 예상할 수 있었을 것이다. 그때 신호를 보내서 전투봇을 활성화하면 되는 일이었다.

신호가 시설의 차폐막을 통과할 수 있을까? 어쩌면 그럴지도 모른다.

전투봇이 얼마나 있는지 알면 좋겠지만 적어도 이제는 첫 번째 함정의 위치를 알고 있었다. 그건 실패했다. 따라서 전투봇들은 두 번째 함정을 만들기 위해 위치를 조정할 터였다. 나는 다시 배치도를 살펴보며 우리가 막 중앙 허브를 통과할 참이라는 사실을 확인했다.

내가 말했다.

"돈 아베네, 제가 앞에서 정찰을 해야겠습니다. 윌켄이 저와 함께 간다면 더 좋습니다. 당신과 미키는 여기서 기다리십시오."

그리고 피드로 덧붙였다.

서둘러야 합니다.

아베네도 서두르는 건 환영이었다. 나는 윌켄에게 논쟁할 시간을 주고 싶지 않았다.

아베네가 말했다.

"그래, 다녀와."

나는 복도를 따라 걸으며 속도를 높였다. 윌켄이

머뭇거리다가 뒤따랐다. 월켄이 입고 있는 동력장갑 덕분에 나를 따라잡을 수 있었다.

"잠깐." 월켄이 말했다. 나는 그 여자에게 맞춰주려고 걸음을 멈췄다. 피드를 통해 월켄이 배치도를 확인하고 있다는 사실을 알 수 있었기 때문이기도 했다. "좋아. 움직이자."

나는 월켄이 앞장서게 했다.

우리는 중앙 합류점을 우회해 엔지니어링 포드로 가는 구부러진 튜브를 따라 움직였다. 나는 자동으로 드론을 찾아 스캔하고 있었다. 하지만 아직 드론이 있다는 결과는 나오지 않고 있었다. 나는 미키의 피드에 신호를 보냈다.

얼마 전에 우주선을 확인해봤어?

나는 케이더가 돈 아베네에게 보내는 피드를 감시하고 있고 선내 시스템의 상태를 2.4초마다 확인하고 있어, 보안유닛. 에지로는 의료실에 있고 완전히 회복할 전망이야.

미키가 조금이나마 짜증 난 듯이 말하는 건 처음이었다. 왜 그런지는 모르겠지만 나는 그걸 듣고 살짝 힘이 났다.

알겠어. 그냥 확인한 거야.

미키가 내게 웃는 그림문자를 보냈다.

친구끼리 확인하는 건 좋은 일이지.

음, 그런 말을 들으려던 건 아니었는데.

튜브는 전방에서 구부러졌다. 내가 추측했던 것처럼 그림자와 빛이 춤추는 모습이 보였는데 그건 양쪽에 커다란 창문이 있다는 뜻이었다. 우리가 하려던 건 뻔한 방법이었고 전투봇들은 우리가 정말로 그렇게 하는지 확인하려고 이곳에 작은 드론을 보낼 수 있었다. 하지만 나는 스캔에서 어떤 감시나 움직임, 수상한 잡신호의 흔적을 찾을 수 없었다. 그건 현장에 통제자가 없다는 예상을 뒷받침했다. 배치도에는 이 접근 튜브에 창문이 있다는 사실이 나와 있지 않았다. 시설의 다른 부분을 보면 그럴 것 같다는 느낌이 들 뿐이었다. 그건 전투봇이 알아챌 수 있는 성질의 것이 아니었다.

나는 튜브의 불투명한 부분이 드리우는 그림자 안에서 걸음을 멈췄다. 윌켄도 근처에서 멈췄다. 피드를 보니 윌켄이 헬멧 카메라의 배율을 조정하고 있었다.

투명한 튜브의 한쪽 벽 밖으로는 아래쪽에 엔지니어링 포드의 허브가 보였다. 이 지점에서 불과 22미터 떨어져 있었고 우리는 지오 포드에 있는 것과 똑같은 커다란 곡면 지붕을 통해 안쪽을 볼 수 있었다. 윌켄이 헬멧 카메라를 튜브 벽에 갖다 대고 내게 영상을 보냈다.

나도 스스로 움직임을 보고 위치를 추정할 수 있었지만 더 자세한 편이 좋았다.

우리가 지켜보는 동안 전투봇 하나가 허브 바닥을 가로지르며 주랑이 있는 위층으로 이어지는 계단 겸 예술 작품 역할을 하는 게 분명해 보이는 중앙의 조각품 아래를 지나갔다. 윌켄의 관측기가 위층에서 동력을 사용하는 움직임을 포착했고 나는 패턴으로 미루어 보아 그게 전투용 드론 편대임을 알 수 있었다. 나와 계약한 고객들은 대개 그보다 훨씬 작은(더 싼) 모델을 사용했다. 기지의 경계를 감시하고 현장에서 아무것도 팀원들에게 가까이 다가오지 못하게 할 뿐 아니라 정보를 수집하도록 만든 것이었고 고객 소유의 데이터를 모으는 데도 더 뛰어났다. 이건 더 큰 모델로 정보 수집과 강화된 차폐막 그리고 내장 에너지 무기를 지니고 있었다.

윌켄이 계속 스캔하며 중얼거렸다.

"그러니까 전투봇 하나 더에 드론까지 있다는 거로군."

전투봇은 적어도 두 대가 더 있었다. 하나는 뒤쪽, 주랑의 그림자 아래에 서 있었다. 윌켄은 놓쳤지만 나는 윌켄의 관측기가 포착한 에너지 패턴을 바탕으로 그 존재를 추정하고 있었다. 나는 보관용으로 한두 대가 더 있다는 데 기꺼이 걸 수 있었다. 시설 다른 곳 어딘가에서 활동 중일 수도 있고. 아마도 우리와 셔틀 사이에 있을 것이다. 그게 원래 방식이었으니까.

그때 윌켄이 말했다.

"목표가 저기 있다."

"목표"라는 건 히루네를 뜻했다. 계단 밑동 옆쪽의 바닥에 누워 있었다. (고객을 목표라고 부르면 절대 안 된다. 잘못된 순간에 헷갈릴 수 있기 때문이다.) (농담이다.) 히루네는 얼굴을 우리와 반대쪽으로 향한 채 몸을 웅크리고 옆으로 누워 있었다. 살아있는지는 확인할 수 없었다. 내가 걱정되는 건 더 있었다.

"왜 엔지니어링 포드를 선택했을까요?"

우리가 그곳으로 가려면 중앙 합류점을 통과해야 했다. 그곳에 함정을 설치한 게 아니라면 입구가 하나밖에 없는 대기 포드가 더 가깝고 방어하기 더 좋았다. 엔지니어링 포드에는 중앙 합류점을 지나는 접근로가 하나 있었고 생산 포드에서 갈라져 나오는 두 번째 튜브가 있었다. 게다가 허브에는 주랑 바로 아래에 승강기 교차점까지 있었다.

"봇 머릿속이 어떤지는 알 수 없지."

윌켄이 내뱉고는 나를 슬쩍 보았다. 나는 똑바로 앞만 바라보았다. 이 상황에서 좋은 점이 하나 있다면, 내가 (1) 지배모듈을 해킹하고 (2) 탈출하기로 결심한 게 얼마나 좋은 생각이었는지를 더욱 확신하게 되었다는 것이다. 보안유닛으로 사는 건 구렸다. 나는 한시라도 빨리 봇이 조종하는 수송선을 얻어타고 다니며 드라마를 보는, 거칠 것 없이 자유로운 삶으

로 돌아가고 싶었다. 윌켄이 덧붙였다. "가지. 내게
계획이 있어."

그러셔? 계획은 나도 있다.

* * *

이제 전투봇의 위치를 알게 된 윌켄은 나를 이끌고
중앙 합류점으로 간 뒤 생산 포드로 향했다. 그곳에
서 우리는 다른 튜브를 가로질러 걸어서 엔지니어링
포드로 갈 수 있었다. 아니면 내가 건너가거나. 윌켄
의 계획이 바로 그랬다.

"보안유닛을 보내서 교란한 뒤에 제가 들어가서 히
루네를 구출할 겁니다."

윌켄이 아베네에게 말했다.

미키가 고개를 꼿꼿이 세웠다. 아베네는 눈썹을 찡
그렸다. 나를 바라보는 아베네의 얼굴은 놀란 표정이
었다.

"그건 분명히 자살 행위일 텐데요."

윌켄이 참을성 있게 설명했다.

"저건 보안유닛입니다. 보안유닛의 용도가 그런 거지요."

미키가 피드로 경고 신호를 보냈다.

이건 좋은 계획이 아니야, 보안유닛.

아베네의 얼굴이 다시 딱딱하게 굳었다.

"그건 GI의 운영 표준에 위배되는 일이에요."

월켄이 눈썹을 추켜세웠다.

"히루네를 다시 찾고 싶은가요?"

나는 아베네의 얼굴을 바라보았다. 아베네는 히루네가 어떻게 될지 모른다는 두려움과 끔찍하지만 적어도 신속한 죽음을 맞이할 가능성이 큰 상황 속으로 나를 보낸다는 생각 사이에서 갈등하고 있었다. 내가 보안유닛이라는 것을 아베네도 알고 있었으므로 그걸 지켜보는 건 흥미로웠다. 아베네가 간신히 말했다.

"다른 방법이 있을 거예요. 린 자문관은 분명 이걸 허락하지 않을 거예요."

그러나 아베네는 전에 보안유닛을 보거나 함께 일해 본 적이 없다고 말했다. 미키는 지식 데이터베이스에 보안유닛이라는 항목도 없었다. 아베네는 애완용

148

로봇이 있는 인간이었다. 어쩌면 자신이 미키를 갖고 있는 것처럼 내가 린 자문관의 애완용 로봇이라고 생각할지도 몰랐다.

논쟁할 시간은 없었다. 나는 정말로 누구도 가상의 존재감이 갈수록, 적어도 내게는 빈약해져가고 있는 린 자문관에 관해 생각하지 않기를 원했다. 내가 말했다.

"괜찮습니다, 돈 아베네. 제가 하는 일이 바로 그런 겁니다."

빈정대는 소리로 들리지 않게 말하는 건 아직도 굉장히 어려웠다.

비공개 연결로 나는 아베네와 미키에게 말했다.

괜찮습니다. 제게 다른 계획이 있어요. 히루네에게 더 안전할 겁니다.

확실해?

아베네가 말했다. 그리고 덧붙였다.

넌 윌켄에게 네 계획을 이야기하고 싶지 않구나.

그러고 싶지 않았다. 윌켄이 내가 무시해야 하는 명령을 내리는 게 싫었다. 내가 뭘 하려고 하는지 확

실하지 않기 때문이기도 했다. 나는 계획의 대부분을
즉석에서 생각해낼 작정이었다.

당신은 제 고객입니다. 이 연결을 통해서 저를 감시할 수 있습
니다.

나는 윌켄에게 말했다.

"지금 가야 합니다. 제게 당신의 무기를 주십시오."

"뭐라고?"

윌켄은 물러서서 사격 자세를 취하지는 않았지만
관절 위로 장갑이 움직이는 방식을 보니 그런 충동을
느꼈던 것 같았다.

내가 말했다.

"제가 먼저 들어가려면 발사체 무기가 필요합니
다."

나는 그저 윌켄이 어떻게 하는지 확인하고 싶었다.

"아니야. 내가 네 뒤에서 들어갈 거야." 윌켄이 약
간 초조한 기색으로 말했다. "나는 생산 포드 복도와
튜브 사이의 해치 교차점에서 엄호하겠어."

윌켄이 복도를 따라 걷기 시작하며 아베네에게 말
했다.

"여기서 기다리시죠. 만약 제가 도망치라는 피드 메시지를 보내면 셔틀로 돌아가요."

나는 귀엽고 착한 보안유닛/살인기계처럼 그 뒤를 따랐다.

내 뒤에서 미키가 복도를 따라 멀어지는 우리의 모습을 지켜보았다. 그러면서 카메라 영상을 아베네에게 보냈다.

말소리가 들리지 않은 곳까지 가자 윌켄이 통신기와 피드의 음향을 소거하더니 말했다.

"린 자문관은 아무 연락 없어?"

"네, 정거장 피드는 이곳에서 접속이 되지 않습니다." 그건 윌켄도 알았다. "자문관과 이야기하고 싶다면 통신기로 연결할 수 있을지도 모릅니다."

그건 내가 꾸며낼 수 있었다. 하지만 그러려면 시간이 조금 필요했다.

다행히 윌켄은 자기 전략에 의견을 제시할 또 다른 보안 자문관을 불러낼 생각이 없었다. 특히 그 보안 자문관과 계약한 보안유닛이 죽게 되는 계획을 짜고 있는 마당에 그럴 리가 없었다. 나는 우리가 죽었을 때 보증 회사가 고객에게 얼마를 청구하는지 알지 못했다. 하지만 아마 큰돈일 것이다.

나는 윌켄의 계획이 나를 들여보낸 뒤 해치를 봉쇄하고 전투봇이 나를 죽이면 아베네와 미키에게 노력했지만 실패했으며 이제 셔틀로 돌아가 떠나야 한다고 말하는 것이라고 생각했다. 아베네 편을 드는 보안유닛이 없는 상황에서 아베네는 무기도 없고 동력장갑을 입고 있지도 않았다. 아베네가 저항한다고 해도 윌켄이 끌고 돌아갈 수 있었다. 물론 윌켄이 아베네를 건드린다면 미키가 끼어들 터였다. 하지만 나는 윌켄이 그 사실을 깨닫고 있는지 알 수 없었다.

해치 교차점에 도착하자 윌켄은 걸음을 멈추며 말했다.

"행운을 빈다."

흥, 엿이나 먹어. 나는 속으로 생각하며 계속 걸었다.

그래. 난 이 상황이 그다지 마음에 들지 않았다. 지금 나에게는 수리용 칸막이방이 없다는 말이다. 의료시스템으로도 수리할 수 있었지만 내가 쓸 수 있는 게 있어야 했다. 그리고 내가 그나마 쓸 수 있을 만한 가장 가까운 의료시스템은 여전히 정거장에 정박해 있는 화물선 안에 있었다. 그러나 나는 내가 해낼 수 있다고 생각했다.

(내가 해낼 수 있기를 바랐다. 최근에는 내 판단이 의심스러울 때가 많았다.)

접근 튜브 안을 걸어 들어가 윌켄의 시야에서 벗어나자 나는 윌켄의 채널을 뒤로 돌리고 미키와 아베네를 연결해 내 피드로 영상을 제공했다. (헬멧 카메라처럼 좋지는 않을 터였다. 내 눈을 통해서 촬영하기 때문에 아주 많이 흔들린다.) 미키는 내게라기보다는 아베네에게 말하고 있었다. 하지만 나는 그쪽에 신경을 끊고 드론을 노렸다.

나는 공개 채널로 잡신호를 살짝 방출했다. 드론은 그걸 음성 통신에서 나온 신호로 여길 게 분명했다. 마치 어떤 불쌍한 인간이 길을 잃고 여기까지 흘러들어와 아베네와 미키, 윌켄이 피드용으로 사용하는 보안 인터페이스 대신에 통신기를 통해 도움을 요청하는 것처럼.

그랬다가는 나를 잡으러 모든 드론이 일시에 이쪽

으로 몰려오는 불상사가 생길 수도 있었다. 그렇게 될 것 같지는 않았다. 전투봇들은 드론을 갖고 있다는 사실을 숨기기 위해 아직 드론을 보내지 않았다. 아마도 드론을 이용해 셔틀을 공격할 생각인 것 같았다. 나는 드론들이 경계를 보호하도록 설정되어 있기를, 그리고 그중 파수꾼 하나가 조사하러 와보기를 기대했다.

나는 튜브의 연결기에서 원래 장비가 들어가 있어야 할 빈 공간을 찾았다. 어둑어둑하게 그림자가 깔린 안쪽으로 들어갔다. 나는 스캔을 최대 범위로 작동하며 계속해서 유혹하는 신호를 띄엄띄엄 보내고 있었다. 마침내 응답이 왔다. 통신기로 내게 응답하려 하는데 간섭 때문에 신호가 먹혀버리는 것 같은 잡신호였다.

평범한 보안유닛이라면(아직 지배모듈을 갖고 있고 나보다 침착하지만 아마도 좀 더 우울할) 이 역할을 할 수 있었다. 하지만 전투스텔스모듈에 들어 있는 판에 박힌 응답밖에 못 할 터였다. 드론이라면 그런 응답이 인간이 아니라 다른 전투유닛에게서 나온 것이라고 인식할 수도 있었다. 어쨌거나 나는 전투스텔스모듈을 갖고 있지 않았다. (그런 업그레이드를 받은 적이 한 번도 없었다. 아마도 '고객을 싹 다 죽여버렸다'는 라비하이랄 사건 때문이었을 것이다. 알게 뭐람.) 나는 단편적인 대사를 사용했다. 내 미디어 저장소에서 추출해 배경의 잡음과 음악을 지우고 음성 아래에 깔린 확인 가능한 코드를 모두 삭제 처리한 것이었다. 잡음을 이용해 대사를 예술적으로 불분명하게 만든 다음 전송했다.

"지금— 찾을 수가— 어디— 우주선은—".

드론이 응답으로 짧고 예술적인 잡음을 다시 보냈다. 신호의 강도로 보아 점점 가까워지고 있었다. 나는 그 자리에서 움직이지 않고 기다렸다.

피드에서 미키가 말했다.

네가 뭘 하고 있는 건지 걱정스러워, 보안유닛.

내 스캔에는 아직 아무것도 없었다. 따라서 잡담을 나눌 시간은 있었다.

왜 걱정스러워, 미키?

네가 뭘 하려는 건지 알 수가 없으니까. 월켄이 피드로 아베네 박사에게 네가 아무것도 하지 않고 있다고—

155

드론이 막 내 스캔 범위 안으로 들어왔다. 이곳에 있다고 생각하는 인간을 놀라게 하지 않으려고 천천히 움직이고 있었다. 나는 어두운 공간에 선 채로 호흡을 멈췄다. 드론이 감지할 만한 어떤 행동도 하지 않았다. 나는 음성 통신으로 드론을 조금 더 갖고 놀았다. 배치도에 따르면 내가 있는 공간은 대기 성분 채취 장치의 한 곳이었다. 따라서 드론은 인간 크기의 존재가 숨을 공간이 있다는 사실을 전혀 모르고 있었다. 텅 빈 게 분명한 통로에 당황한 드론은 신호를 추적하려고 했다. 나는 그 녀석에게 압축한 드론 통제 키 목록을 전송했다.

(그건 스텔스모듈 안에 있지 않았다. 회사가 보급하는 보안 시스템의 기능도 아니었다. 나는 그걸 전투용 드론에 대응책을 연구하던 고객사 소유의 데이터에서 얻었다. 새로운 드라마를 저장하기 위해 지우고 싶었지만 참았다. 언젠가 유용하게 쓸 수 있다는 점을 알고 있었으니까.)

그중 한 키가 먹혔고 드론은 중립 대기 상태로 바뀌었다. 나는 1~2분 동안 제어 코드를 살펴보며 그 드론의 작동 방식을 확실하게 인지했다. 그 드론과 다른 드론들(서른 대가 활동 중인 것으로 나와 있었다) 그리고 전투봇 세 대는 보안 피드를 이용해 작동하고 있었다. 드론은 전투봇 두 대와 함께 전부 엔지니어링 포드의 로비에 있었다. 세 번째 전투봇은 시설 안에서 활동 중인 것으로 나왔지만 위치는 없었다. (우리를 차단하기 위해 셔틀 쪽으로 가고 있을 거라는 나쁜 예감이 들었다.) 전투봇은 보안이 더욱 겹겹으로 되어 있었고 심지어 이제는 자체 네트워크 내부로부터도 그랬다. 만약 내가 해킹하려 들면 그 시간 동안 달려와 나를 죽이고도 남았을 것이다. 하지만 드론은 내가 전부 장악할 수 있었다.

20초가 더 지나자 나머지 드론은 모두 내 새 친구들이 되었다.

아, 알겠어.

미키가 말했다.

신경 쓰지 마.

하지만 재빨리 움직여야만 했다. 나는 드론 1호에게는 대기 상태로 있으라고 하고 다른 스물아홉 대에게는 엔지니어링 포드에 있는 두 전투봇을 자극하라고 명령했다. 그리고 뛰기 시작했다.

굽은 길을 돌아 열려 있는 해치 교차점 두 개를 통과했다. 벌써부터 에너지 무기와 발사체 무기를 쏘는 소리, 금속이 벽에 부딪치는 소리 그리고 전투용 드론이 공격할 때 내는 우습고 날카로운 소리가 들려왔다. 나는 드론을 하나하나 제어하지 않았다. 일단 명령만 내리면 드론은 알아서 행동했다. 내가 직접 조종해봤자 속도만 느려질 뿐이었다.

엔지니어링 포드의 입구가 눈에 들어오자 나는 가속했다. 최고 속도로 복도 끝에 도착하자 앞으로 몸을 날렸다.

허브의 로비는 전쟁터였다. 나는 바닥에 떨어지며 그대로 미끄러졌다. 문에 가장 가까이 있던 전투봇이 무기를 쏘며 달려드는 드론 떼를 향해 과격하게 팔을 휘둘렀다. 성질이 잔뜩 난 금속 회오리바람처럼 드론을 난타했고 빗나간 탄환과 에너지가 벽과 바닥, 기둥을 때렸다. 그 전투봇이 절단용 손으로 드론 하나를 강타했고 날카로운 파편이 방 안에 흩어졌다. 미리 통증 센서의 감도를 내려두었는데도 내 등과 어깨

전체에서 충격을 느꼈다. 약하게 때리는 느낌으로 보아 뭔가 내 옷을 자르고 들어와 피부를 꿰뚫었다는 사실을 알 수 있었다. (끔찍하게 들리는가? 실제로 끔찍한 일이다.) 두 번째 전투봇은 앞으로 달려가려고 했지만 드론들이 벽을 만들어 부딪쳤다. 안개처럼 보일 정도로 무기를 난사하며 장갑 두른 몸체로 전투봇을 뒤쪽으로 밀어붙였다.

나는 일어섰다가 다시 몸을 날려 히루네 옆에 착지했다. 몸은 멀쩡해 보였고 피가 흘러나와 있지도 않았다. 하지만 살아있는지 확인할 시간은 없었다. (상관없었다. 이런 구출 임무에서는 내가 시체를 가지고 돌아갈 때까지 인간들은 인질이 죽었다는 사실을 믿지 않으려 했다.) 나는 히루네를 들어 올렸다. 이제부터가 가장 어려운 부분이었다. 로비 밖으로 달려 나가야 했다.

전투봇들에게는 (1) 보안유닛이 이곳이 있다는 사실과 (2) 이 보안유닛이 어떻게 드론을 장악했는지 알아낼 시간이 있었고, 그 결과 (3) 이 보안유닛에게 굉장히 화가 나 있었다. 나는 문을 향해 재빨리 내달렸다.

전투봇 둘은 드론 스물세 기를 처리한 상태였다. 내 의식에서 불빛과 연결이 하나씩 사라져갔다. 하지만 드론들은 관절과 총구 손을 노려 전투봇들에게 상당한 피해를 입혔다. 살아남은 드론 한 대의 카메라 시야로 보니 내 뒤쪽에 있던 전투봇이 달아나는 내 등을 향해 돌진하다가 다리가 무너져 내리면서 무릎을 꿇었다. 한 무리의 드론들이 주의를 흐트러뜨리는 동안 다른 드론들이 발목 관절에 화력을 집중했던 것이다.

내 앞에 있던 드론이 몸을 날려 문을 막았다. 나는 오른쪽으로 방향을 꺾은 뒤 승강기 교차점을 향해 똑바로 달렸다.

내가 브라이스에게 경고했던 대로 전투봇들이 승강기 시스템을 장악한 상태였다. 그러나 전투봇은 보안유닛만큼 해킹을 하지 못한다. 내가 시스템 전체를 장악하려고 했던 건 아니었다. 그냥 이 승강기 하나에게만 여기서 나를 기다리고 있으라고 해두었을 뿐이다. 내가 도착하자 시킨 대로 문이 열렸다. 나는 승강기에게 나를 생산 포드로 데려가라고 명령했다. 문이 날카로운 금속 손가락을 찧으며 세게 닫혔고 승강기는 나를 싣고 그곳에서 멀어졌다.

드론 1호는 그대로 복도에서 기다리고 있었다. 나는 그 드론에게 엔지니어링 포드와 생산 포드 사이의 교차점 해치를 닫고 벽을 뚫어서 제어장치를 녹여버리라고 명령했다. 드론 1호가 웅— 소리를 내며 날아와 행동에 들어갈 때 승강기가 멈추며 문이 열렸다.

나는 생산 포드의 텅 빈 교차점으로 걸어 나왔다. 그리고 승강기 시스템에 준비해두었던 코드를 보냈다. 그 코드는 시스템을 정지시키고 암호를 넣어야 풀리게끔 잠갔다. 전투봇들이 올바른 코드 모듈을 갖고 있다면 그리고 다른 데 쓸 수 있는 자원을 여기에 집중할 수 있다면 풀어낼 수 있었다. 그렇다고 해도 나는 필요한 시간을 벌 수 있었다. 바라건대.

내 상태를 점검할 수 있는 시간이 생기자 나는 통증 센서의 감도를 살짝 올렸다. 둔중한 통증이 불타는 듯이 격심한 통증으로 강해졌다. 피부 아래에서 조그만 폭탄이 터진 것 같았다. 아야, 아야, 그래, 아야. 나는 똑바로 설 수 있도록 무릎 관절을 고정하고 공기 흡입량을 늘렸다.

나는 내 주변에서 갈려나가던 드론의 날카로운 파편 몇 개를 맞았다. 왼쪽 옆구리 아랫쪽과 왼쪽 어깨에는 발사체 무기도 두 발 맞았다. 드론을 쏘려던 탄에 내가 맞은 게 거의 확실했다. 통증 센서의 감도를 낮추자 통증이 폭발 수준에서 잔불 수준으로 내려갔다. (그게 사실 영구적인 해결책이 아니며 나쁜 일이 일어나지 않은 척 행동하는 게 장기적으로는 좋은 생존 전략이 아니라는 건 안다. 하지만 지금 당장으로서는 어쩔 도리가 없었다.) 메모리 클립을 넣어둔 팔은 손상을 입지 않았는데 그건 다행이었다.

나는 복도를 따라 다른 인간들이 있어야 할 생산 포드의 로비로 향했다. 미키와 아베네 둘 다 아무 말도 하지 않고 있어서 미키의 피드에 신호를 보내 보고를 요청했다. 나는 그 둘이 내 시각 피드를 통해 무엇을 볼 수 있었는지 확실히 알 수 없었다. 바로 그때 장갑 낀 히루네의 손이 내 어깨를 꽉 붙잡았다.

다행히 나는 살아있을 가능성이 있는 인간을 나르고 있다는 사실을 깨닫고서 비명을 지르거나 히루네

혹은 다른 무엇을 떨어뜨리지 않을 수 있었다. 히루네는 통신기 마이크가 달린 헬멧이 벗겨진 채로 내어깨에 머리를 기대고 있었다. 히루네가 웅얼거렸다.

"누구세요?"

나는 당황해서 버퍼 메모리에 있던 표준 응답을 그대로 내뱉었다.

"저는 당신과 계약한 보안유닛입니다."

내가 당황한 이유는 미키와 아베네로부터 들려온 혼란스러운 소음 때문이었다. 그건 피드 인터페이스로 통신하는 소리가 아니라 음성이었다. 미키가 피드로 내게 공개 통신망의 음성을 보내고 있었다.

거칠고 화가 잔뜩 난 목소리로 아베네가 외쳤다.

"누가 보낸 거야? 그레이크리스?"

내 어깨 위에서 히루네가 혼란스러운 듯이 "응?" 하는 소리를 냈다.

내가 들을 수 있는 다른 음성 통신은 너무 작아서 아무리 나라고 해도 알아들을 수가 없었다. 나는 그 소리를 스펙트럼으로 변환하려고 4초를 낭비한 뒤에야 알아챌 수 있었다. 그건 두 가지 소음이었다. 미키의 관절에서 나는 낮은 소리와 동력장갑에서 나는 높은 소리. 둘이 서로 밀치며 버티고 있었다.

음, 젠장.

나도 실수를 한다(특별한 파일에 장부를 만들어 기록하고 있다). 보아하니 내가 큰 실수를 한 모양이었다. 나는 윌켄의 행동이 나 때문이라고, 고객이 자신들을 신뢰하지 않는다는 사실을 암시하는 다른 보안 자문관의 존재와 그자가 보냈다며 뜬금없이 튀어나온 보안유닛과 관련된 편집증 때문이라고 해석했다. (그래, 그래. "전부 나와 관련된 일이야"라는 건 으레 인간이나 할 법한 소리다.) 그러나 이제 보니 그 여자는 완전히 다른 이유로 불편했던 모양이었다.

나를 소유했던 회사 같은 보증 회사를 통해 보안 서비스를 받을 때 좋은 점은 작은 계약일 때는 회사 사무실에서 직접 인수하고 큰 계약일 때는 회사 수송선이 배송해준다는 것이다. 이런 방식은 실제로는 여러분을 죽여야 하는 계약을 맺고 있는 누군가가 여러분의 보안팀인 척하고 나타날 가능성을 크게 낮출 수 있다.

윌켄과 거스는 실력이 좋았다. 내가 우주선 안에서 둘의 대화를 듣고 분석했을 때도 전혀 눈치채지 못했다. 하지만 만약 둘이 그레이크리스를 위해 일하고 있다면 코퍼레이션 림 전역에서 쓰이는 보증 회사의 보안 감시 같은 것을 경계하고 있을 터였다.

이때쯤 내 드론이 윌켄이 기다리고 있어야 할 해치 교차점에 도착했다. 당연히 윌켄은 그곳에 없었다. 고객을 배신하는 데 정신이 팔려 있었을 테니. (내가 인간들이 보안 요원으로 일하는 게 마음에 들지 않는다고 말했을 때 여러분은 내가 그냥 심술 맞게 군다고 생각했을 것이다. 아니라고?)

나는 미키의 피드와 연결해 카메라 시야에 접속했다. 아하, 좋지 않았다. 영상이 흔들렸지만 미키가 윌켄을 기둥에 밀어붙이고 있는 모습을 볼 수 있었다. 미키는 한 팔로 윌켄의 오른쪽 손목을 기둥에 못 박아놓고 있었고 윌켄은 발사체 무기를 아베네를 향해 돌리려고 애를 썼다. 미키의 손에 이상이 있어 보였지만 나는 제대로 볼 수 없었다. 당장은 피해 보고서를 끄집어낸답시고 미키를 방해하고 싶지 않았다. 윌켄은 다른 쪽 팔뚝을 미키의 얼굴에 대고 있었다. 밀어내버리려는 자세 같았지만 그게 아니었다. 윌켄은 장갑의 팔뚝 안에 에너지 무기를 여럿 내장하고 있었고 그중 하나로 미키의 머리를 조준해 날려버리려 하고 있었다.

(미키는 머리가 없어도 작동 가능했다. 그러나 감각 입력 장치와 카메라가 머리에 있었다. 게다가 아주 어색해 보일 터였다.)

윌켄이 자기 피드에서 나를 차단했지만 나는 아베네의 피드를 이용해 우회했다.

보안유닛입니다. 말로 해결하시죠. 만약 당신이 증언한다면 린 자문관이 기소 면책권을 줄 수 있습니다.

나는 이게 말이 되기를 바랐다(《거룩한 위성》에 나오는 대사였으니까). 내가 시간을 끄는 것처럼 들릴 건 분명했다. 나는 시간을 끄는 게 아니었고 윌켄이 내게 대답하기를 바라지도 않았다. 그저 정신을 산만하게 만들어 내가 윌켄의 피드에서 무슨 짓을 하고 있는지 생각하지 못하게 만들려고 했을 뿐이다.

당신 두목은 끝장이야. 얼마나 받았는지는 모르겠지만 감옥에

서 썩는 데 대한 보상은 안 될 거야.

(그래, 이것도 〈거룩한 위성〉에서 나온 대사다.) 그러는 동안 나는 올바른 코드를 미친 듯이 찾았다. 동력장갑을 생산하는 회사는 보안시스템이나 정보 수집용 드론, 카메라 등을 만드는 회사와 달랐다. 시스템 구조도 달라서 모든 게 더 어려웠다.

아베네가 윌켄의 발사체 무기를 붙잡고 미키가 그것을 떼어내는 걸 도우려고 애쓰고 있었지만 동력장갑을 상대로는 거의 효과가 없었다. 나는 아베네가 훨씬 더 위험한 위치에 있는 팔뚝의 에너지 무기에 관해서는 전혀 모르고 있다는 사실을 알 수 있었다. 피드를 통해 아베네가 미키에게 놓고 도망가라고 하는 소리와 그러면 윌켄이 아베네를 쏠 거라며 미키가 거부하는 소리가 들렸다. 솔직히 아베네가 도망가야 하는 게 맞지만 미키를 두고서는 그러지 않으리란 게 명백했다.

나는 아베네와 미키가 윌켄을 상대로 분투하고 있는 곳에 도착했다. 생산 포드의 로비로 이어지는 굽은 길이었다. 미키가 윌켄을 붙잡으려고 애를 쓰고 아베네가 윌켄의 다른 쪽 팔에 매달려 발로 찼지만 윌켄의 에너지 무기는 느릿느릿 자비 없이 움직여 미키의 머리 옆에 자리를 잡았다. 내가 이 코드를 찾지 못한다면 앞으로 약 30초 뒤에 히루네를 바닥에 내려놓고 어려운 방식으로 처리해야 할 판이었다.

드론 1호기가 또 다른 채널로 자신이 밀폐하고 막아놓은 해치를 뚫고 들어오려는 전투봇의 활동을 전혀 감지할 수 없다고 보고했다. 이 드론은 네트워크에서 차단되어 있었기 때문에 다른 활동 유닛의 움직임에 관해서는 더 이상 보고할 수 없었다. 그건 전투봇들이 서로 수리해주고 있으며(그렇다. 전투봇은 주 연산 센터가 파괴되지 않는 한 스스로 수리할 수 있다. 그렇다. 그건 정말 성가시고 두려운 특성이다) 곧 다른 경로로 엔지니어링 포드를 빠져나와 우리를 추적해온다는 뜻이었다. 지금도 해야 할 일이 너무 많은데 말이다.

나는 미친 듯이 윌켄의 장갑을 스캔하다가 마침내 올바른 코드를 찾아냈다. 다행이었다. 내가 채널을 하나 열고 피드를 통해 '정지' 명령을 보냈다.

회사가 윌켄의 것과 같은 동력장갑을 사용하지 않

는 건 회사가 짠돌이이기 때문만은 아니다. 윌켄이 쓰는 것과 같은 동력장갑은 해킹이 가능하다.

미키가 몸을 비틀어 빠져나와 뒤로 물러섰다. 몸은 계속해서 윌켄과 아베네 사이에 둔 채였다. 그 자리에서 (말 그대로) 몸이 굳어버린 윌켄은 얼굴을 찡그리며 더 이상 작동하지 않는 통신기를 향해 고함쳤다. (나는 윌켄의 통신과 피드도 차단했다. 현재 상황을 거스가 전혀 몰랐으면 해서다.) 윌켄의 얼어붙은 손가락에서 발사체 무기가 떨어지기 시작했고 아베네가 달려들어 붙잡았다.

그제야 나는 미키가 입은 피해를 볼 수 있었다. 가슴판에 에너지 투사를 두 번 맞았고 오른손은 잘려나가 있었다.

내가 말했다.

"괜찮아. 내가 장갑을 잠갔어."

나는 미키의 피드를 되돌려서 재빨리 훑어보며 무슨 일이 일어났는지 확인했다. 윌켄은 내가 전투봇을 상대하느라 바빠질 때까지 기다렸다가 아베네와 미키에게 돌아갔다. 재빨리 그곳까지 가서는 중요한 이야기가 있으니 통신기와 피드를 꺼야 한다고 말했다.
그리고 아베네의 머리카락을 붙잡았다. 머리카락은
여전히 축 늘어져 있었다. 아베네는 헬멧이 없었는데
내가 표본 채취기로부터 아베네를 떼어놓을 때 잠금
장치를 망가뜨리는 바람에 그냥 두고 왔다.

월켄이 아베네의 머리에 무기를 겨누며 말했다.

"미안. 개인적인 감정은 없어."

그 말 때문에 월켄은 죽일 수 있는 시간을 잃었다.
그 틈에 미키가 둘 사이에 끼어들어 무기를 먼 쪽으
로 돌렸던 것이다. (미키가 인간을 위해 물건을 들고 다니
는 애완용 로봇이라고 해서 동력장갑에게 덤비지도 못할 정도
로 약한 건 아니다.) 그러자 월켄이 무기를 발사해 미키
의 손을 파괴했다. 미키의 속도는 느려지지 않았다.

아베네가 나를 보고 숨을 들이켰다.

"히루네—"

"살아있습니다."

내가 말했다. 아베네는 이제 무장을 하고 있었고
트라우마를 겪은 채 불안정하게 무기를 들고 있는 인
간은 나를 불안하게 했다.

미키가 담담하게 말했다.

"보안유닛, 윌켄 자문관이 돈 아베네를 쏘려고 했어."

아베네가 무기를 어깨에 걸치고 내게 달려왔다. 히루네의 얼굴을 만지며 나를 올려 보았다.

"오, 고마워. 고마워."

감사 인사를 듣는 건 기분이 좋은 일이다.

"미키, 피해 보고."

"나는 86퍼센트로 기능하고 있어." 미키가 잘리고 남은 팔을 들어 보였다. "이건 그냥 경상일 뿐이야."

빌어먹을. 아베네가 그 모습을 보더니 충격을 받았다.

"미키, 이 손을 어떡해!"

좋아. 아베네와 미키의 애정 행각이 또 시작이군.

내가 말했다.

"미키, 히루네를 들어."

미키가 앞으로 나와 두 팔을 내밀었다. 히루네는 의식이 오락가락하고 있었지만 필사적으로 내 재킷을 꽉 붙잡고 있었다. 아베네가 부드럽게 히루네의 손가락을 떼어냈고 나는 히루네를 미키의 팔에 안겼다.

내가 월켄을 향해 돌아섰다. 내 성질을 건드린 건 머리카락을 붙잡은 일이었다. 게다가 "개인적인 감정은 없어"라는 비열한 말까지. 만약 월켄이 아무 경고 없이 쐈다면 지금쯤 아베네는 죽고 미키는 산산조각이 나 있을 터였다. 그러나 월켄은 아베네가 자신이 배신당했다는 사실을 알기를 원했다. 그건 개인적이었다.

나는 개인적인 감정을 좋아하지 않는다.

이건 내가 인간 보안 자문관을 좋아하지 않는 또 다른 이유였다. 몇몇은 자기 일을 너무 즐긴다.

나는 월켄에게 걸어가 폭발물과 여러 장치가 달려 있는 다용도 하네스를 떼어냈다. 월켄이 안면 보호대를 통해 나를 노려보았다. 나는 하네스를 내 어깨에 걸치고 말했다.

"돈 아베네, 고개를 돌리는 게 좋을 겁니다."

아베네가 미키와 히루네에게서 시선을 떼며 말했다.

"안 돼!" 그리고 좀 더 차분하게 덧붙였다. "저 사람이 너를 전투봇에게 보내서 화가 나 있다는 건 알지만 죽이지 말아."

나는 나 때문에 화가 난 게 아니었다. 총을 맞게 될 상황 속으로 가라는 명령을 받는 건 문자 그대로 내 일이다. 아니, 일이었다. 나는 너무 정신없이 일이 벌어져서 월켄이 자신에게 무슨 짓을 할 뻔했는지 아베네가 미처 깨닫지 못했다고 생각했다.

앞서 말한 게 그다지 효과가 없었다고 생각했는지 아베네가 말을 이었다.

"만약 저 사람이 그레이크리스를 위해서 일하고 있다면 증인으로 삼아야 해."

좋아, 그건 말이 됐다. 내가 여기 있는 이유는 온전히 그레이크리스가 한 일의 증거를 더 찾는 것이었으니까. 나는 월켄의 안면 보호대를 들여다보았다. 월켄은 두려움을 숨기려고 무표정한 얼굴을 하고 있었다. 통신과 피드가 끊긴 상황에서 아직 우리 목소리를 들을 수는 있었지만 우리 목소리는 마치 광산의 맨 밑바닥에 있는 것처럼 들릴 터였다. 동력이 멈출 때 장갑이 자동으로 공기 순환을 위한 구멍을 열어놓

앉기 때문에 질식하거나 자기 체온에 익어버릴 염려
는 없었다. 여기를 떠날 때 내가 얼마 뒤 구멍을 막도
록 명령할 수 있었다. 그러면 아베네는 사고라고 생
각할 터였다.

또다시 관심의 문제였다. 윌켄이 살아남든 말든 내
가 관심이 있을까? 별로.

내가 말했다.

"가야 합니다."

윌켄의 발사체 무기를 달라고 손을 내밀었다. 아베
네는 무기를 내게 건넸고 나는 걷기 시작했다. 구멍
은 열어놓았다.

미키와 아베네가 따라오자 내가 말했다.

"엔지니어링 포드에 있는 전투봇은 자가 수리를 마
치자마자 우리를 쫓아오려고 할 겁니다. 제가 잡은
드론 말로는 활동 중인 전투봇이 하나 더 있다고 했
습니다. 아마 우리와 셔틀 사이 어딘가에 있을 겁니
다."

우리는 놈들이 시설에 남아 있는 이동식 장비를 모
조리 이용해서 우리를 공격할 거라는 사실도 알고 있

었다. 나는 표본 채취기와 또 싸우고 싶지 않았다.

아베네가 보폭을 늘려 나를 따라잡았다.

"내 피드도 통신기도 셔틀과 연락이 되지 않아." 아베네가 말했다. "미키도 그렇고."

"제가 차단하고 있어서 그렇습니다." 내가 말했다. "당신이 거스에게 경고가 될 만한 말을 하지 못하도록요."

최소한 내가 거스를 어떻게 할지 결정하기 전까지만이라도. 설령 피드 차단을 해제한다고 해도 여기서는 거스의 장갑에 손을 댈 수 없었다. 장갑에 쓰이는 코드는 유닛별로 유일무이하기 때문에(제조사도 아주 멍청하지는 않았다) 찾아내기 위해서는 충분히 가까이 가야 했다.

"알겠어." 놀랍게도 아베네는 토를 달지 않았다. 아니, 놀라운 일이 아닐지도 몰랐다. 아베네는 상당히 영리했다. "거스는 고용된 살인자가 아니길 바라는 건 무리겠지."

"화물선에서 분석한 바에 따르면 둘은 꽤 오랫동안 함께 일한 것 같습니다." 내가 말했다. "우리는 둘이 함께 매수된 거라고 가정해야 합니다. 아니면 어느 시점에서 여러분의 회사가 보낸 보안팀을 따돌리고 위장했거나요."

"따돌렸다라." 아베네가 읊조렸다. "죽였다는 뜻이야?"

"아마도요."

내가 해브라튼에서 밀루로 가는 화물선을 잡아탈 때 현지 뉴스는 다운로드하지 않았다. 자유무역항과 그레이크리스에 관한 보도만 받았다. 만약 신분 확인 수단이 전혀 없는 시체 두 구에 관한 뉴스가 있었다고 해도 놓쳤을 것이다. (환승 고리 밖의 우주로 인간을 날려버릴 수는 없다. 그런 일에 굉장히 예민해서 경비가 심하다.)

"거스가 우주선에 있으니 인질극 상황인 겁니다."

나는 인질극 상황이 싫다. 인질들과 함께 있는 게 나일 때라고 해도.

미키가 말했다.

"상황이 좋지 않아."

봤는지? 저건 그냥 성가신 말에 불과하다. 대화에

아무런 기여도 하지 않으며 인간들을 편안하게 해주기 위한 무의미한 발화에 불과할 뿐이었다.

아베네는 엔지니어링 포드에서 내가 찍은 영상을 피드에서 재빨리 돌려보았다. 1분도 걸리지 않은 일이었으므로 보는 데 오래 걸리지는 않았다. 아베네가 말했다.

"윌켄이 전투봇에게 명령을 내리고 있던 거야? 어쩌면 윌켄이 없으면 전투봇이 정지할지도 몰라. 하지만 전투봇이 거스에게 상황을 알린다면 다시 똑같은 상황이 되겠지."

"윌켄이나 거스가 전투봇에게 명령을 내렸다고 생각하지 않습니다." 내가 말했다. "제가 두 사람의 피드를 듣고 있었습니다. 설령 암호화되어 있었다고 해도 제가 들었을 겁니다."

둘끼리도 이야기를 별로 하지 않았는데 어쩌면 그 자체로 수상쩍은 일일지 몰랐다. (그래, 뒤늦게 알아채는 데 내가 일가견이 있다.)

미키가 말했다.

"전투봇은 누구든 시설에 도착하는 대로 활성화되

도록 지시를 받은 뒤 대기 상태로 있었을 수 있어."

히루네가 꿈틀거리며 중얼거리자 미키가 대답했다.

"응, 괜찮아, 히루네. 괜찮아."

뭐, 나도 진작에 그런 생각을 했다.

아베네가 말했다.

"이해가 안 돼. 만약 우리를 죽이려고 윌켄과 거스를 보낸 거라면 전투봇은 왜 보낸 거지? 그레이크리스가 평가를 막으려는 건 분명해. 하지만 이건—"

내가 말했다.

"멈추세요."

그리고 걸음을 멈췄다. 이 이론을 입증하거나 부정하려면 내 영상을 재빨리 검토해야 했다. 보안시스템이나 허브시스템의 도움 없이 걸으며 적을 스캔하는 동안에는 할 수 있는 일에 한계가 있었다. 나는 미키가 내 피드를 볼 수 있게 한 뒤 분석을 시작했다. 내가 무엇을 하고 있는지 미키가 아베네에게 설명하는 소리가 아련하게 들렸다.

내 드론에게 신호를 보내 일지를 열고 기록을 뒤져

활동, 대기, 절전 상태에 있던 시기를 목록으로 만들게 했다. 그리고 히루네가 납치당했던 첫 번째 공격 때 미키가 찍은 영상의 사본을 꺼내 전투봇이 윌켄을 공격했던 두 번째 공격 때의 내 영상과 함께 재빨리 검토했다. 분석을 마친 뒤에는 드론이 진작에 준비를 마친 일지 요약본을 확인했다. (그렇게 발달한 드론과 일하는 건 정말 좋았다.)

"전투봇과 드론은 당신을 노리고 이곳에 온 게 아닙니다."

내가 아베네에게 알렸다.

"처음부터 이 시설에 속한 장비였습니다. 당시는 환승 정거장이 건설 중이었던 때라 혹시 올지도 모를 약탈자를 쫓아내는 데 별 도움이 되지 않았을 겁니다. 그레이크리스는 테라포밍 시설로 위장한 불법 채굴 플랫폼을 만들고 있다는 사실을 숨기려 하고 있었으므로 외부 기관의 도움을 받고 싶은 생각이 없었을 테고요."

그리고 전투봇이 이곳에 있었던 건 약탈자를 물리치기 위해서만이 아니라 인간 일꾼들을 통제하기 위해서이기도 했을 것이다.

"전투봇과 드론은 시설이 버려진 뒤로 절전 상태였습니다. 여러분의 셔틀이 정박했을 때 활성화되었죠. 분석 결과 월켄과 거스도 그 존재에 놀란 것 같습니다."

붓을 이용한 분석이라면 그 사실을 완전히 놓쳤을 것이다. 하지만 나는 인간의 표정과 목소리를 읽는데 더 능숙했다. (그럴 때는 내 머릿속에 있는 유기물 부분이 유용하다. 물론 불안감을 일으키는 실시간으로보다는 정지하고 확대할 수 있는 영상 기록을 보고 하는 게 훨씬 더 쉬웠다.)

"월켄은 정말로 공격을 계획하고 히루네를 잡아간 게 약탈자라고 생각했던 모양입니다. 두 번째 공격에서 전투봇을 보기 전까지는요. 그레이크리스가 월켄과 거스에게 전투봇에 관해서는 이야기하지 않았을 가능성이 큽니다. 전투봇들이 그 둘을 제거해주기를 바랐을 겁니다."

그리고 고맙게도 일을 깔끔하게 매듭짓기를.

나는 월켄이 어떤 기분인지 궁금했다. 분명히 그

때문에 임무를 마치는 데 주저하지는 않았다. 월켄은 내가 전투봇에게 파괴당할 거라고 예상했고 아베네와 미키를 죽이려 했다. 이 상황에서 벗어나 돈을 받을 수 있다고 기대했던 것이다.

아베네가 혼란스러움과 분노로 가득한 한숨을 내쉬었다. 하지만 곧 입을 열었다.

"우리가 그걸 거스에게 이용할 수 있을까? 그레이 크리스가 거스와 월켄도 죽이려 했다고 말하고 무슨 일이 벌어졌는지 증언해야 한다고 말하는 거야. 아니면 월켄을 인질로 써서…."

아베네가 입술을 깨물며 고개를 저었다.

아베네는 전략적으로 생각하고 있었다. 그건 언제나 안심이 되는 일이다. 내게 멍청한 명령을 내리는 대신 질문을 하고 있었다. 나는 이제 명령에 복종할 필요가 없지만, 명령이란 여전히 성가신 것이기는 마찬가지다.

내가 말했다.

"지금 우리가 지닌 유일한 이점은 거스가 월켄이 당했다는 사실을 모른다는 겁니다."

아직 드론은 해치에서 어떤 활동이 보인다고 보고하지 않았다. 전투봇이 다른 방향으로 갔거나 승강기를 이용하려 한다는 뜻이었다. 나는 드론에게 내 위치로 오라고 했다. (월켄이 있는 곳을 지날 때 멈춰서 월켄의 얼굴 바로 앞에서 26초 동안 떠 있으라고 했다. 그래, 나도 화가 좀 났다.)

아베네가 다시 나를 바라보고 있었다. 나는 미키의 카메라 시야를 통해서 그 모습을 볼 수 있었다. 아베네가 말했다.

"거스는 셔틀에 있는 다른 사람들을 상대로 행동에 나서기 전에 월켄의 신호를 기다리고 있을 게 분명해. 케이더에게 연락해봐야겠어. 케이더와 비밀리에 피드 연결을 할 수 있어."

"케이더가 '어이, 친구들, 돈 아베네가 방금 피드로 내게 연락했어'라고 큰 소리로 말하기 전에 조용히 하라고 할 수 있습니까?"

인간은 이런 게 문제다.

아베네가 머뭇거리며 입을 열었다가 고개를 한 번 저었다.

"케이더라면 그럴지도 몰라. 하지만 셔틀 상황이 어떤지는 알아내야 해."

미키가 말했다.

"비볼은 말이 빠르지 않아. 어쩌면 비볼에게 연락하는 게 나을지도 몰라."

나는 드론이 무소음 상태로 우리를 지나가기 전에 아베네와 미키에게 피드로 경고를 보냈다. 드론을 전방으로 정찰 보내려던 참이었다. 아베네가 움찔하더니 드론을 가만히 바라보았다. 셔틀에 관해 알아내야 한다는 아베네의 말은 옳았다. 셔틀로부터 상황 보고를 받을 수 있다면 계획을 짜는 데 도움이 될 터였다. 게다가 아베네와 미키가 내게 셔틀에 관해 그만 물어보게 될 테고 그건 지금 내게 아주 큰 보너스였다. (나는 보안유닛으로 산다는 게 얼마나 피곤한 일인지 잊고 있었다.)

내가 말했다.

"셔틀에 보안 감시 장치는 없습니까? 카메라는요? 다른 봇, 현재 비활성화 상태인 것이라도 없나요?"

"없어." 아베네가 머리를 뒤로 쓸어넘겼다. 경황이

없지만 생각을 하고 있었다. "그럴 필요가 없었어. 대피용 우주복 헬멧에 카메라가 있지만 비상용 수납장 속에 비활성화된 채로 있어."

미키가 말했다.

"돈 아베네, 조종실에 대피용 우주복이 두 벌 있어. 나한테 그 우주복 통신기의 물리 주소가 있어."

아베네가 나를 보며 말했다.

"여기서 그 통신기를 활성화할 수 있어?"

아마도. 그러나 거스가 다른 인간들을 죽였든 말든, 아직 월켄의 신호를 기다리고 있든 그건 상관없었다. 어찌 됐건 거스를 셔틀 밖으로 끌어내야 했다.

우리는 모든 인원을 셔틀 밖으로 끌어내야 했다.

아이디어가 떠오르고 있었다. 아마도 나쁜 아이디어일 터였다. (전술적 사고 훈련의 대부분이 모험 드라마 속에서 이루어졌다면 아무래도 그렇게 된다.)

내가 말했다.

"지오 포드로 돌아가야 합니다."

6

　어디로 가는지 알고 있는 지금은 그곳까지 가는 게 전보다 훨씬 더 쉬웠다. 우리는 다음번 승강기 교차점으로 갔다. 나는 보호 코드가 막혀 있는 승강기를 1분 동안 신중하게 시스템에서 분리하고 그 승강기의 움직임이 다른 승강기에서 보이지 않게 만들었다. (당연히 해야 할 일처럼 들리지만, 문제는 만약 다른 승강기가 당신의 승강기를 볼 수 없다면 이미 당신의 승강기가 들어가 있는 공간을 차지하려고 할 수 있다는 것이다. 상상할 수 있겠지만 그건 그 안에 타고 있는 자들에게도 끔찍한 일이다.)

　나는 승강기에 드론을 먼저 태워 보냈다. 혹시 지

오 포드 밖에서 누가 우리를 기다리고 있을까 봐서였다. 그러고 난 뒤 미키와 아베네, 히루네를 데리고 갔다. 우리는 지오 포드의 허브에 도착해 머리 위에서 끊임없이 구름이 휘몰아치는 투명한 돔 아래로 걸어 들어갔다. 나는 해치를 닫고 코드로 잠가버렸는데 솔직히 말해서 인간들을 안심시키려고 한 일일 뿐이었다. 전투봇은 노력만 하면 얼마든지 뚫고 들어올 수 있었다. 하물며 셋이 모두 해치에 집중한다면야. 나는 전투봇들이 셔틀로 가는 경로에서 우리를 함정에 빠뜨릴 계획을 세우고 있기를 바랐다. 그것도 아주 좋은 시나리오는 아니었지만 적어도 우리에게 시간은 좀 더 생길 터였다. 나는 전투봇의 매복 지점을 찾을 수 있을까 싶어 드론을 셔틀로 이어지는 접근로로 정찰 보냈다.

(혹시 전투봇이 시스템을 다시 장악한다고 해도 승강기를 사용할 것 같지는 않았다. 보안유닛이 할 수 있을 법한 일을 경계하고 있을 터였다. 그래도 나는 보이지 않는 내 승강기에게 시설 안을 무작위로 돌아다니고 있으라고 했다. 한번 해볼 만했다.)

어쨌든 우리가 셔틀로 돌아가기 위한 첫 번째 단계는 거스를 그곳에서 나오게 하는 것이었다.

도움을 받을 수 있다면 좀 더 빨리 할 수 있겠다는 생각이 들었다. 아베네가 히루네의 하네스에서 비상 키트를 꺼내 뒤지고 있는 사이, 미키는 히루네를 푹신한 콘솔 의자 하나에 내려놓았다.

내가 말했다.

"조종실에 있는 우주복의 통신기를 거쳐서 여러분의 셔틀에 피드 연결을 시도할 겁니다. 하지만 저는 이 제어 스테이션을 활성화해야 합니다. 아직 이 시설에 연결된 채굴기가 있어서 전투봇을 상대로 사용할 수 있을지도 모릅니다."

내가 채굴기로 하려는 게 사실 그건 아니었다. 하지만 논쟁하고 싶지 않았다.

아베네가 이해했다며 고개를 끄덕이고 뇌진탕과 쇼크에 쓰는 의료용 탭을 미키의 멀쩡한 손에 쥐여주었다.

"미키, 내가 제어 스테이션을 손볼 테니까 그동안 히루네 좀 돌봐줘." 그러더니 나를 향해 이마를 찡그리며 말했다. "피를 흘리고 있잖아."

나는 시선을 아래로 내렸다. 바닥에 피와 체액이 섞인 액체가 뚝뚝 떨어지고 있었다. 나는 액체를 흘리는 걸 좋아하지 않았다. 내 정맥은 자동으로 밀폐되며 파편 일부는 빠져나왔다. 하지만 옆구리에 맞은 발사체가 움직이면서 상처를 다시 벌어지게 했다. 나는 상처를 확인하려고 조심스럽게 통증 센서의 감도를 올렸다. 아하. 그렇게 됐군. 아야야.

아베네가 말했다.

"뭐에 맞은 거야?"

아베네가 다가오며 내 재킷을 옆으로 젖히려고 손을 뻗었다.

나는 자지러지며 뒤로 한 발 물러섰다. 아베네가 놀라며 그대로 멈췄다. 미키가 몸을 돌렸다. 시각 센서가 내게 초점을 맞추고 있었다. 나는 미키의 카메라를 통해 내 얼굴을 보았다. 표정을 조절하는 데 능숙해졌다고 생각하고 있었는데 진짜 감정을 느꼈을 때는 그렇지 못한 게 분명했다. 우리 피드를 통해 미키가 말했다.

아베네는 널 해치지 않아, 보안유닛.

아베네가 손바닥이 보이도록 빈손을 들어 올렸다. 으레 '쏘지 마세요'라는 뜻으로 쓰는 동작이었다. 다만 아베네가 두려워하는 건 아니었다. 정말 단순히 그러지 말라는 뜻이었다.

아베네가 말했다.

"미안. 하지만 넌 치료를 받아야 해. 미키가 너를 돕는 게 더 나을까?"

"그렇지 않—"

나는 말을 하다가 그만두었다. 어떻게든 그 문장을 끝낼 방법이 없었다. 나는 도움이 필요했고 누가 나를 만지는 걸 원하지 않았다. 두 가지를 동시에 할 수 있는 방법은 없는 상황이었다.

아베네가 나를 바라보며 기다리다가 말했다.

"미키, 히루네를 그냥 둬도 될까?"

"난 괜찮아." 히루네가 가쁜 목소리로 말했다. 히루네는 눈을 깜빡이며 비상 키트에 있던 수분 공급액통을 쥐고 있었다. "염려 마."

아베네가 말했다.

"좋아. 내가 콘솔을 손볼 테니 미키 네가 여기로 와서 린을 도와줘."

아베네는 계속 나를 바라보며 비상 키트를 내밀었고 미키가 와서 받았다.

아베네가 콘솔을 향해 가자 미키가 말했다.

"왼팔을 들고 셔츠를 올려, 보안유닛."

그렇게 하려면 윌켄의 발사체 무기와 하네스를 내려놓아야 했다. 나는 그것들을 내 뒤에 있는 긴 의자 위에 올려놓았다. 정상적인 보안유닛이라면 그렇게 할 것 같았고 지금 나는 정상적으로 보여야 했기 때문이다. 나는 아베네에게 대답해야 할 때마다 굉장히 주의를 기울이고 있었다. 나는 간단한 오류 정정 발언이 가장 낫겠다고 생각했다.

"저는 린이 아닙니다. 린은—"

아베네가 채굴기 제어 콘솔의 전원을 켜고 있었다. 나를 보지 않는 채로 피드에서 콘솔의 인터페이스를 조사하며 아베네가 말했다.

"린 자문관이 네 상관이었지. 맞아. 미안."

미키가 나를 스캔하고는 그 결과를 내 피드로 보냈

다. 와, 커다란 금속 덩어리 같은 게 내 몸속에 박혀 있었다. 미키의 가슴에서 보조 집게가 나와 길게 늘어나더니 비상 키트를 붙잡았고 미키는 멀쩡한 손으로 적출용 탐침을 꺼냈다.

난 신경 차단이 필요 없어.

내가 피드로 미키에게 말했다.

통증 센서 감도를 낮추면 돼.

그것 참 편리하네.

미키가 탐침을 내 옆구리의 상처 속으로 찔러 넣었다.

나는 통증 센서가 없어. 그래서 통증을 못 느껴.

그렇다. 봇과 보안유닛의 차이점 중 하나다. 예전에 ART와 다른 차이점에 관한 이야기를 나눈 적이 있었다. 인간의 명령 때문에 어떻게 우리가 서로 믿을 수 없게 되는지. 그때 ART는 이렇게 말했다.

여기엔 인간이 없어.

음, 여기엔 인간이 있었다. 내가 말했다.

미키, 린 자문관은 없고 그냥 나밖에 없다는 걸 돈 아베네에게 말했어?

응.

미키가 말했다. 미키는 발사체를 찾아서 조심스럽게 제거했다.

첫 번째 전투봇이 윌켄을 공격했을 때 말했어. 아베네가 나한테 네가 사실대로 말하고 있는지 아느냐고 물었거든.

그러고는 덧붙였다.

내가 말하고 싶어서 말한 거야. 해야 해서가 아니라.

나는 미키가 그 말을 믿고 있다고 확신했다.

아베네는 왜 내가 거짓말을 했다고 생각하고 있어?

굿나잇랜더 인디펜던트가 사업을 하는 사법권 아래서는 보안 유닛을 고용하는 게 불법이기 때문이라고 생각하고 있어.

미키는 상처를 봉합하는 패치를 붙이고 마무리한 뒤 두 번째 발사체를 찾았다.

아베네는 굿나잇랜더가 고용한 누군가가 너를 여기로 보냈는데 우리에게 정체를 밝히고 싶지 않은 거라고 말했어. 우리를 도우려고 너를 보냈으니까 상관없다고 말했지.

아베네는 콘솔을 사용해 각각의 채굴기를 위한 인터페이스를 가동하고 있었다. 이제 슬슬 셔틀의 상황에 관한 정보를 알아내야 했다.

거스나 살의를 품고 시설 안을 어슬렁거릴지도 모를 존재가 우리를 추적하는 데 쓰지 못하도록 아베네와 미키의 통신과 피드 연결을 차단한 상태로 두고 싶었기 때문에 까다로웠다. 하지만 미키가 조종실에 있는 우주복 두 벌의 물리 주소를 갖고 있었던 건 도움이 됐다. 셔틀의 피드는 아직 살아있었고 나는 몰래 들어가서 첫 번째 우주복에 핑 신호를 보냈다. 몇 번 찔러본 결과 그 우주복의 통신기를 활성화할 수 있었다.

케이더의 목소리가 먼저 들렸다. 에지로의 상태에 관한 보고를 요청하고 있었다. 브라이스가 의료시스템이 에지로를 회복시키고 있다고 대답했다. 배경에서 비볼이 뭐라 말하고 있었는데 제대로 들리지 않았다. 그러다 거스가 말하는 소리가 들렸다. "정거장에서는 아직 아무 응답이 없습니까?"

케이더가 절망스럽다는 듯이 대답했다.

"아직 없어요. 저 폭풍 때문에 간섭이 있는 게 분명해요."

비볼이 다시 말했지만 여전히 알아들을 수 없었다.

거스가 대답했다.

"아니요, 저쪽에서 연락을 받을 때까지 가만히 있어야 합니다."

으흥. 차분하고 자신감 있고 안심시키려는 듯한 목소리였지만 음성 분석을 해보면 그 아래에 깔린 긴장이 드러날 게 거의 확실하다고 생각했다.

나는 그 연결에서 빠져나와 배경으로 밀어두었다. 아베네가 스테이션의 디스플레이를 켜놓아서 콘솔 표면 위에 뜬 채로 채굴기의 제어 화면을 보여주고 있었다.

아베네가 중얼거렸다.

"자, 채굴기에 전부 전력이 들어오고 있어. 몇 분 걸릴 거야. 네가 제어할 수 있기를 바랄게. 채굴기의 제어 프로토콜이 전부 삭제된 것 같아."

미키가 내 등에서 파편을 꺼내는 중이었다.

내가 말했다.

"나머지 팀원은 다치지 않았고 거스가 아직 보안 요원으로 활동하고 있습니다. 거스는 팀원들이 당신을 찾아 셔틀을 떠나도록 놔두지 않을 겁니다. 그리고 정거장에 연락해 도움을 요청하는 데 어려움을 겪고 있습니다."

아베네가 이마를 찡그리며 고개를 들었다.

"무슨 어려움? 도착했을 때는 정거장과 연락이 됐는데. 그럴 리—"

내 드론이 보고서와 함께 신호를 보내는 바람에 나머지 말은 듣지 못했다. 드론은 제염제독실에 도착했고 셔틀의 해치가 스캔 범위 안에 들어와 있었다. 전투봇의 흔적은 전혀 보이지 않았다.

내가 큰 소리로 말했다.

"거기에 없습니다."

"뭐라고?" 아베네가 놀라며 콘솔에서 일어섰다. "누가?"

"전투봇이요. 드론이 셔틀로 가는 경로에서 전투봇을 찾지 못했습니다."

나는 스캔, 시각 데이터, 음향 등 드론이 내게 보내고 있는 것을 모조리 훑어보고 있었다. 드론이 스캔한 것이 내 것보다 훨씬 더 나았다. 그리고 드론은 매복 가능성이 있는 위치를 확인하며 활발하게 경로를 수색하고 있었다. 배치도와 비교해본 결과 나는 드론이 놓친 부분을 찾을 수 없었다.

"전투봇이 그쪽에 없습니다."

내가 드론의 시각 데이터를 우리의 폐쇄된 피드 연결에 올렸다.

미키가 머리를 꼿꼿이 세우고 영상을 확인했다. 아베네는 히루네를 걱정스럽게 쳐다보며 말했다.

"그러면 이쪽에 있겠네. 이 승강기 근처에서 우리를 잡으려고."

어쩌면. 나는 아무렇게나 돌아다니는 내 보이지 않는 승강기를 찾아서 드론과 가장 가까운 교차점으로 가라고 했다. 드론에게는 승강기를 타고 지오 포드 바깥의 교차점으로 오라고 명령했다. 1분도 되지 않아 드론이 내가 봉해놓은 해치 바깥의 접근로에 와서 스캔했다. 나는 텅 빈 복도와 교차점을 기록하는 모습을 지켜보았다. 아무것도 없었다. 전투봇은 셔틀로 가는 길에 매복하고 있지도 않았고 지오 포드 밖에 있지도 않았다.

내 잠재적인 전략은 아직 파멸적인 실패 같은 것을

겪지 않았지만 나는 무언가를 놓치고 있었다.

그래, 지금은 당황하기에 좋은 때가 아니었다. 나는 드론과 처음 접촉했을 때의 기록, 드론이 전투봇 네트워크에서 차단당하기 전에 얻은 정보를 다시 살폈다. 활동 중인 세 번째 전투봇에 관한 항목이 있었다. '범위 밖에서 활동'이라는 표시와 함께.

나는 이 전투봇이 우리가 철수하려고 할 때 함정을 설치하려고 셔틀이 정박한 곳으로 가느라 범위를 벗어났다고 가정했다. 하지만 확실히 알지는 못했다.

더 거슬러 올라가보자. 월켄과 거스는 평가팀을 막기/죽이기 위해 GI와 계약한 보안 요원 대신 이곳에 왔다. 그러면 왜 환승 정거장에 도착하자마자 행동에 나서지 않았을까? 사람이 없어서 어렵지 않은 일이었을 텐데. 만약 정거장에서 행동했다면 탈출 시나리오가 필요했을 것이다. 그러나 탈출 시나리오는 여기 이 시설에서 훨씬 더 필요했다. 평가팀의 셔틀은 웜홀 통과 능력이 없다. 환승 정거장으로 돌아가 아마도 나머지 팀원이 어떻게 됐는지 꼬치꼬치 캐물을 항구관리소 직원을 죽이고 웜홀 통과가 가능한 우주선을 훔쳐야 할 것이다. (훔칠 때 격렬하게 저항할 조종사 봇이 없는 우주선을 선호할 터였다.) 그건 일을 너무 크게 벌이는 것 같았다. 게다가 시설 안에는 침입자를 파괴해버릴 태세를 갖추고 있는 전투봇까지 있었다. 그레이크리스가 다른 누군가를 고용할 이유가 어디에 있다는 말인가?

명백한 답은 윌켄과 거스가 평가팀을 죽이기 위해 온 게 아니라 여기에 뭔가 데이터든 어떤 물체든 간에 회수하고자 하는 게 있어서 테라포밍 시설에 들어오고 싶었다는 것이다. 그러나 그 둘은 아직 뭔가 회수하려는 움직임을 보이지 않았다. 나는 윌켄이 전투봇의 공격에 놀랐다고 확신했다. 내 분석은 잘못되지 않았다. 윌켄과 거스를 그레이크리스가 보냈다는 가정이 애초에 맞는 걸까? 아니면 다른 기업이나 정부가 끼어 있는 걸까?

도움이 필요했다. 당황스러웠다. 나는 여전히 액체를 조금 흘리고 있었고 마지막으로 드라마를 본 뒤로 영겁의 시간이 흐른 것 같았다. 필사적인 심정이 된 나는 내가 떠올린 모든 가능성을 잠재적인 전략/결정

트리 다이어그램에 복사해서 아베네와 미키의 피드에 올려버렸다.

아베네가 피드에 갑자기 나타난 큰 그림에 놀라서 움찔했다가 이내 차분한 얼굴로 다이어그램을 살펴보았다. 미키는 파편을 맞아 생긴 내 등의 마지막 상처에 봉합제를 바르고 분석 모드로 전환했다. 아직 온전한 의식이 아닌 히루네가 혼란스러운 표정으로 우리를 바라보았다.

피드 안에서 아베네가 가정을 나타내는 네모 박스 하나를 떼어내 트리 바깥으로 옮겼다. 아베네가 말했다.

만약 그레이크리스가 윌켄과 거스를 보냈다고 가정한다면 그 둘은 뭔가 회수하러 온 게 아니야. 그레이크리스는 이 시설을 방치할 때 원하는 건 뭐든 가져갈 기회가 충분히 있었어.

아베네가 주의를 다른 박스로 옮기며 잠시 머뭇거렸다.

우리 스스로 질문해야 할 것 같아. 그레이크리스는 뭘 원하는 걸까?

그건 쉬웠다. 내가 말했다.

시설을 파괴하는 겁니다. 만약 굿나잇랜더 인디펜던트가 트랙터를 설치하지 않았다면 지금쯤 시설은 행성으로 추락했을 겁니다.

아베네가 가능한 탈출 시나리오와 각각의 문제점을 나열한 네모 박스를 바라보며 눈썹을 찡그렸다.

그러면 왜 윌켄과 거스를 트랙터를 파괴하라고 보내지 않은 거지? 어쩌면 그러라고 보낸 걸 수도 있겠네.

미키가 큰 소리로 말했다.

"윌켄이 오른쪽 팔뚝 장갑에 있는 평판 디스플레이에 시설의 현지 시각이 표시되게 해놨어."

미키는 피드로 우리에게 이미지를 한 장 보냈다. 장갑의 디스플레이를 조절하는 윌켄의 모습이었다. 셔틀이 환승 정거장에서 출발할 준비를 하고 있을 때 내가 미키에게 장비를 챙기는 두 보안 자문관을 지켜보라고 부탁했는데 그때 찍은 이미지였다.

"윌켄은 돈 아베네를 공격하기 전까지 우리가 시설에서 걸어 다니는 동안 그 디스플레이를 약 57번 확인했어."

그건 나도 모르고 있었다. 내가 찍은 영상을 일부

다시 돌려보니 정말 그랬다.

아베네가 천천히 입을 열었다.

"월켄은 시설에 무슨 일이 생길 거라는 걸 알고 있었어. 대략 언제쯤 일어날지도. 월켄은 셔틀로 돌아가야 할 때까지 계속 기다릴 수밖에 없었어. 기회가 생기자 너를 전투봇에게 보내서 죽게 하고 나와 미키를 죽이려고 했지. 그러고 나서 다른 사람에게는 어쩔 수 없었다며 환승 정거장으로 돌아가야 한다고 강요했겠지—"

전투봇의 행동이 말이 되기 시작했다. 만약 놈들도 뭔가를 기다리고 있었다면 왜 히루네를 포로로 잡아갔는지 설명이 됐다. 놈들은 전투봇 한 대를 지정해 우리를 상대하게 했다. 공격하고 포로를 붙잡아 퇴각하고 다시 공격하고. 전투봇이 월켄을 공격했을 때 내가 파괴했지만 나머지 세 대가 우리를 뒤쫓아오지는 않았다. 둘은 엔지니어링 포드 안에 있었고 하나는 멀리 나가 있었다. 뭘 하고 있었을까?

아베네가 날카롭게 숨을 들이켜며 말했다.

"트랙터 배열인 게 분명해. 그레이크리스에게는 다

른 실질적인 이익이 없어."

아베네는 피드에서 정거장에 있을지도 모를 그레이크리스 요원의 행동에 관한 가정을 나타내는 네모 박스를 날려버렸다.

"드론을 통해서 우리는 전투봇을 통제하는 사람이 없다는 걸 알았어. 환승 정거장에서 누가 명령을 보내고 있는 건 아니야. 원래 시설에 속한 장비야. 자연스럽게 행성에 추락할 때까지 시설을 보호하기 위한 것이지. 이게 불법 채굴 작업이었다는 증거를 남기지 않으려고 말이야. 윌켄과 거스는 전투봇에 관해서는 몰랐고 우리를 죽이러 온 것도 아니었어. 우리를 죽이는 게 목표가 아니기 때문이야. 목표는 시설이 계획대로 파괴되게 하는 거지. 시설이 파괴되지 않게 막고 있는 건 트랙터 배열이야. 따라서 윌켄과 거스는 뭔가를 하러 온 거야. 두 사람은 그 뭔가의 유일한 결과가 트랙터 배열이 망가지는 거라고 생각했어. 우리는 모두 환승 정거장으로 돌아가고 그 둘은 다음 화물선을 타고 떠나는 거지. 아무도 진상을 모르는 상태로."

아베네가 피드에서 빠져나오더니 나를 바라보았다.

"그런데 두 사람이 뭘 할 수 있었지? 내내 우리와 함께 있었잖아."

나는 아베네가 옳다고 생각했다. 나나 팀의 누군가가 눈치채지 못하게 할 수 있는 일은 딱 하나 있었다.

"암호화된 신호를 보낸 겁니다."

피드 신호가 아닌 통신 신호였다. 폭풍의 간섭 때문에, 그리고 그보다 내가 찾아보지 않았기 때문에 놓친 것이다.

"그래, 그래." 아베네가 눈썹을 추켜세웠다. "그런데 누구에게? 전투봇한테? 무기가 있어? 전투봇이 여기서 트랙터 배열을 파괴할 방법이 있어?"

나는 셔틀과의 음성 연결을 다시 확인했다. 케이더가 거스에게 시설로 내려와 일행을 찾아보자고 압박하고 있었고 브라이스와 비볼이 거들었다. 트랙터에 어떤 문제가 있다는 언급은 없었다. 모니터링하고 있을 게 분명한데. 거스는 사전에 동의한 대로 기다려야 한다고 막아서고 있었다. 나는 음성을 다시 들어보았다. 거스는 30분 동안 기다리기를 원했다. 채굴기 디스플레이가 피드로 핑 신호를 보내 모든 채굴기가 동력을 완전히 갖췄다고 알려왔다. 나는 셔틀의 음향 데이터를 피드에 올려 아베네와 미키가 볼 수 있게 하고 채굴기 제어 스테이션에 앉았다. 무슨 일이 벌어질지는 몰라도 조만간 벌어질 터였다.

내가 채굴기 세 대에 첫 번째 명령을 보내고 있을 때 아베네가 미키에게 말했다.

"센서가 필요해. 콘솔을 전부 확인해봐. 여기 있는 건 전부 표면을 향하고 있을 거야. 하지만 방향을 바꿀 수—"

나는 채굴기를 제외한 나머지 전부를 배경으로 밀어놓았다. 아베네는 아직도 시설을 살리는 데 관심이 있는 게 분명했지만 나는 그게 대기 중에서 해체되기 전에 탈출하는 게 우선이었다.

채굴기 세 대가 보관함에서 나와 접혀 있던 몸을 풀며 지오 포드의 아래층 바깥을 걷기 시작했다. 팔 여러 개가 움직이면서 표면을 단단히 붙잡았고 카메라는 내게 눈을 어지럽게 하는 폭풍의 모습을 제공했다. 채굴기에는 채굴 절차가 담긴 메모리 코어가 없었다. 하지만 그게 없어도 내가 시키는 일은 할 수 있었다.

아베네가 다른 콘솔을 부팅했고 미키가 그 위로 몸을 기울이자 디스플레이 표면 위쪽에 데이터가 나타났다. 히루네가 억지로 몸을 일으켜 의자 등받이에 기댄 채 절뚝이며 그쪽으로 갔다.

나는 콘솔에서 특수 코드 일부를 복사해야 했다. 일단 그러고 나면 피드를 통해 채굴기 세 대를 제어할 수 있었다. 나는 이미 과포화 상태인 내 두뇌의 또 다른 채널에 채굴기 세 대를 할당하고 일어섰다. 오, 좋아, 아야. 프로토콜이 없는 상태에서 채굴기를 제어하는 일은 까다로웠다. 기본적으로 동시에 세 대를 전부 몰아야 했다.

나는 목소리를 차분하고 끈기 있게 들리도록 유지하며 말했다.

"가야 합니다. 6분 남았습니다."

아베네가 손을 흔들었다.

"거의 다 됐어."

나는 내가 아직 계약을 맺고 있는 보안유닛을 가장하고 있다는 사실을 되새기고 더 이상 아무 말 없이 피드에 카운트다운을 표시했다. 그리고 윌켄의 무기와 하네스를 챙겨 해치 옆에서 기다렸다.

히루네가 주위를 둘러보더니 미키가 남겨둔 비상키트를 집어 들고 절뚝이며 내 옆에 와 섰다. 서 있기에 불안정한 상태였고 아직 어떤 상황인지 잘 모르고 있는 게 분명했다. 그러나 전투봇에게 한 번 붙잡혀 갔었으니 언제 하루를 마감해도 이상할 게 없었다.

아베네가 벌떡 일어섰다.

"그래, 그거야! 저 궤도를 복사해, 미키."

미키가 대답한 뒤 문으로 성큼성큼 걸어오는 아베네의 뒤를 따랐다.

"엔지니어링 포드에서 모종의 구조물이 발사됐고 트랙터 배열을 향해 날아가고 있어. 사라진 전투봇은 그 안에 타고 있을 거야. 트랙터 배열을 파괴할 작정이겠지. 윌켄과 거스가 보낸 암호화 메시지에 그런 명령이 들어 있는 게 분명해."

좋았어! 그리고 망할 놈의 트랙터 배열은 일단 우

리가 망할 셔틀에 탄 뒤에나 신경 쓸 테다! 내가 올려둔 카운트다운을 보며 나는 입력 세 개를 전면으로 가져왔다. 내 드론과 미키 그리고 채굴기. 아니, 잠깐. 내 카메라도 필요했다. 입력 네 개. 아 그리고 셔틀에 있는 우주복의 음향도. 입력 다섯 개. 나는 드론에게 로비와 승강기 교차점 접근로를 재빨리 조사하게 하고 아무도 없음을 확인했다.

내가 말했다.

"빨리 움직여야 합니다. 다른 전투봇들이 어디 있는지 모릅니다."

아베네는 고개를 끄덕이며 히루네의 팔을 잡았다.

히루네가 속삭이듯 말했다.

"어디로 가는 거야?"

아베네가 조용히 하라는 동작을 해보였다.

"셔틀로 돌아가는 거야. 괜찮아."

미키가 히루네의 어깨를 토닥였다.

나는 해치를 열고 밖으로 나갔다. 재빨리 승강기 교차점으로 걸어가는 동안 온 신경이 곤두서서 내 인간 피부를 가렵게 만들었다. 드론이 우리 앞에서 정찰하며 스캔하고 있었지만 나는 다음 모퉁이에서 전투봇이 뛰쳐나올 거라는 비이성적인 예감에 빠져 있었다.

우리는 승강기에 도착했고 나는 내 보이지 않는 승강기에 드론을 먼저 태웠다. 아베네와 미키가 피드에서 이야기를 나누며 간간이 히루네를 안심시키는 말을 했다. 둘이 내 부품을 팔아먹을 계획을 짜고 있다고 해도 나는 그 대화에 신경 쓸 여력이 없었다. 바깥에서는 채굴기가 지오 포드의 만곡부를 향해 접근했다. 셔틀에게 들키지 않으려면 전투봇은 지오 포드와 거주 포드 사이의 골을 따라와야 할 터였다.

승강기가 우리 정박지에서 가장 가까운 교차점에 도착했고 드론이 윙— 하며 나왔다. 나는 재빨리 드론을 정찰 패턴으로 날렸다. 접근로를 따라 이쪽저쪽으로, 제염제독실 안으로 그리고 셔틀의 입구를 볼 수 있는 위쪽으로. 스캔 결과 아무것도 없었다. 나는 드론에게 승강기 교차점으로 돌아와서 위치를 지키라고 했다.

승강기가 돌아왔고 나는 인간들을 안에 태웠다. (그

리고 미키도. 그 당시에 나는 미키를 인간으로 분류하고 있었다.) 채굴기에게는 속도를 좀 더 높이라고 지시했다. 나는 우리가 셔틀로 이어지는 접근로 안에서 가능한 한 시간을 적게 보내기를 원했다. 만약 전투봇이 우리 때문에 자기 임무가 위험에 빠진다고 판단하면 우리를 쫓아올 것이고, 놈들은 그곳에서 우리를 잡을 수 있다는 것도 알고 있었다. 나는 승강기를 출발시키면서, 셔틀에서 곧 어떤 모습이 보일지 감을 잡을 수 있도록 아베네에게 채굴기의 영상을 보냈다. 그리고 이렇게 말했다.

"제가 당신의 피드 잠금을 해제하면 케이더에게 연결해서 모두가 셔틀에서 내릴 수 있게 하십시오."

"그럴게."

아베네가 확실하게 고개를 끄덕이며 히루네의 손을 꽉 잡은 후 미키의 피드에 신호를 보냈다.

승강기가 교차점에 도착하자 문이 열림과 동시에 밖으로 나갔다. 나는 제염제독실로 이동했고 인간들이 뒤를 따랐다. 채굴기는 거주 포드의 만곡부를 넘어 셔틀을 향해 똑바로 움직이게 했다.

조종실의 대피용 우주선을 통해서 비볼이 내가 입력해두지 않은 언어로 뭔가 말하는 소리가 들렸다.

케이더가 말했다.

"뭔가 다가오고 있어. 알 수 없는 게 다가오고—"

멀리서, 아마도 조종실 아래쪽 어딘가에서 거스가 외쳤다.

"뭐라고요? 어느 방향입니까?"

나는 아베네의 피드 연결을 열고 말했다.

지금입니다.

아베네가 케이더와 비공개 연결을 만들고 말했다.

케이더, 잘 들어. 질문하지 말고. 내가 왔다고 아무에게도 말하지 마. 지금 당장 전부 셔틀에서 내려서 시설로 들어와. 필요하면 무슨 일이든지 해. 당황한 척을 하든지. 하지만 전부 다 내리게 해야 해. 네 목숨이 여기에 달렸어.

아베네의 피드를 통해 나는 케이더가 비상 대피 명령을 발동해 팀원들의 피드와 셔틀의 통신기에 울려 퍼지는 소리를 들을 수 있었다.

거스가 조종실로 올라와 고함쳤다.

"그만둬요. 그만—"

나는 거스가 조종석에 있는 케이더와 비볼을 붙잡을지도 모른다고, 다시 인질극 상황이 벌어질지도 모른다고 생각했다. 그러나 '당황한 척'하라는 조언을 진지하게 받아들인 게 분명한 케이더가 셔틀의 센서로 포착한 채굴기가 다가오는 영상을 피드로 보내고 다른 일행에게 밖으로 나가라고 소리쳤다.

나는 복도에 도착해 셔틀의 해치가 빙글 돌아가며 열리고 있는 정박장의 모습을 시야에 두었다. 브라이스가 비틀거리며 나왔다. 의식이 온전하지 않은 에지로가 그 여자에게 기대 있었다. 미키가 도우려고 달려갔고 아베네는 히루네와 뒤에 남았다. 그리고 내가 따라갔다.

나는 채굴기 한 대에게 시설의 표면을 놓고 셔틀의 선수를 향해 몸을 날리라고 했다. 전방 센서에 그 모습이 아주 잘 보일 터였다. 아베네가 케이더의 피드에 있었지만, 카메라가 없어서 나는 혼란스럽고 난잡한 느낌밖에 받을 수 없었다.

(나중에 거스의 장갑 카메라를 통해 갑자기 커다란 물체가 셔틀로 다가오는 모습이 센서의 시야에 들어오는 바람에 거스

가 깜짝 놀라 조종실 입구에서 물러났다는 사실을 알게 됐다. 비볼은 케이더의 연기를 셔틀이 산산이 조각날 참이라는 증거로 받아들이고 케이더를 붙잡아 팔로 감싼 뒤 거스 옆으로 몸을 날렸다. 입구의 약한 중력을 이용해 격벽에 부딪치지 않을 수 있었다. 복도 바닥에 떨어졌을 때 더 강한 중력의 영향으로 비틀거리다가 해치를 향해 재빨리 뛰었다.)

어쨌든 케이더와 비볼은 해치 밖으로 몸을 날렸고 동력장갑을 입은 거스가 그 뒤에 걸어나왔다. 그때 나는 셔틀의 해치 한쪽 옆에 서 있었다. 거스에게 보이는 게 나를 뺀 나머지 인원이 어리둥절하고 당황한 채로 아베네와 히루네 그리고 에지로를 부축하고 있는 외팔이 미키와 함께 있는 모습이 되도록.

나는 거스의 장갑을 스캔해 올바른 코드를 찾아냈다. (어디에서 찾아야 할지 아는 이상 이제 훨씬 더 빨리 끝낼 수 있었다.) 거스가 발사체 무기를 들어올리는 순간 나는 명령을 전송했다.

거스의 장갑이 그대로 굳어버렸고 나는 거스의 시야로 걸어 들어갔다. 무슨 일이 벌어졌는지 깨닫는 거스의 표정을 보니 만족스러웠다. 만약 거스가 스캔을 사용하고 있었다면 해치 바로 밖에서 기다리고 있던 나를 감지했을 것이다. 하지만 인간은 피드가 있어도, 아무리 증강인간이라고 해도 한 번에 한 가지밖에 생각하지 못한다.

아베네가 말했다.

"이제 셔틀에 다시 타야 해!"

다른 일행이 설명을 요구했지만 아베네는 손짓으로 해치를 향해 몰아대면서 속사포로 설명했다. 나는 다른 입력을 확인하기 위해 그 소리를 줄였다. 내 명령이 없자 채굴기들은 정지 상태로 들어가 있던 자리에 서 있었다. 둘은 아직 거주 포드 표면에 있었고 셔틀을 향해 돌진했던 녀석은 대기 포드 위에 내려앉았다. 그 뒤에 나는 우리 뒤를 감시하도록 승강기 교차점에 두고 온 드론을 확인했다.

드론은 그 지역을 스캔한 결과를 보내기 시작했다. 그러다가 갑자기 송신이 끊겼다. 나는 연결이 약해지는 것을 느꼈다. 불빛이 꺼지듯 드론이 사라지고 있었다.

내가 말했다.

"아베네, 미키, 전투봇!"

나는 정박장을 가로지르며 등에서 월켄의 발사체 무기를 꺼냈다.

아베네가 외쳤다.

"셔틀에 타. 빨리!"

나는 문가에 도착해 월켄의 하네스에서 폭발물을 꺼내 활성화한 뒤 복도 저쪽으로 던졌다. 아직 미키의 카메라를 입력받고 있었는데 배경으로 밀어놓았다. 하지만 의식의 주변부에서 인간들이 서둘러 움직이며 부상을 입은 에지로와 히루네를 에어록 안으로 들여놓는 모습, 아베네가 미키에게 거스를 들어 나르라고 말하는 모습을 인식하고 있었다. 이제 전투봇들이 모퉁이를 돌아 돌진하고 첫 번째 폭탄이 터질 때쯤이었다.

나는 내가 멍청이처럼 여기 서서 그쪽으로 총을 쏘아댈 거라고 생각하게 만들기 위해 세 발을 쏘고 정박장을 가로질러 뒤쪽으로 뛰었다. 복도에 던져둔 폭탄들이 전투봇의 전진을 지연시켰다. 인간들과 미키가 거스를 안으로 데리고 들어가고 에어록을 비울 수 있을 정도로. 나는 몸을 날려 안으로 들어가 비상 폐쇄 버튼을 눌렀다. 양쪽 해치가 세게 닫혔다.

마침내 이 빌어먹을 인간들을 이 망할 셔틀에 다시 태우는 데 성공한 것이다.

전투봇이 외부 해치를 강타했는데 마치 다른 작은 셔틀이 와서 부딪친 것 같은 충격이었다. 내가 아베네에게 메시지를 보냈다.

가야 합니다.

잠금장치가 풀리며 셔틀이 정박장에서 떨어져 나왔다. 외부 해치의 카메라 시야를 확인하자 전투봇이 문이 열린 정박장에 서 있는 모습이 보였다. 실내가 감압되고 있어 옆쪽을 붙잡고 있었다. 그 뒤에 두 번째 전투봇이 보였다. 미키가 내 옆에 와 섰다. 나는 피드 연결을 통해 그 이미지를 공유했다.

미키가 말했다.

"저 전투봇들은 못됐더라, 보안유닛."

거리가 멀어지면서 연결이 끊기고 있었지만 절전 상태에 들어간 채굴기 한 대는 아직 갑문에 가까웠다. 내가 마지막 명령을 보내자 그 채굴기가 커다란

손을 아래로 휘둘러 첫 번째 전투봇을 정박장 밖으로
낚아채서는 짓눌러버렸다.

"아이쿠."

미키가 한마디 했다.

보안유닛, 왜 이제 나에게 피드로 이야기하지 않는 거야?

미키는 이유를 알고 있었다. 아니면 물어보지 않았
을 것이다.

나는 미키 옆을 지나 출입 복도를 따라 걸어갔다.

미키가 피드로 말했다.

어쩔 수 없게 될 때까지는 너에 관해 이야기하지 않았어.

나는 복도를 따라 승무원 구역으로 향했다. 미키가
거스를 들고 따라왔다. 나는 통신망에서 아베네가 윌
켄이 무슨 짓을 한 건지, 내가 어떻게 히루네를 구했
는지, 윌켄이 어떻게 미키의 불쌍한 손을 쏘아버렸는
지, 내가 어떻게 아베네와 미키를 구했는지 하여튼 뭐
그런 것들을 일행에게 간략하게 설명하는 소리를 듣
고 있었다. 나는 멘사 박사에게 줄 지오 포드 데이터
를 구했다. 미키의 멍청한 인간들도 구했다. 이제 그
저 여기서 벗어나고 싶을 뿐이었다. 셔틀이 빠른 속도

로 시설에서 멀어지고 있었고 환승 정거장의 피드가 이제 범위 안으로 막 들어오고 있는 게 느껴졌다.

내가 승무원 구역으로 들어섰다. 케이더와 비볼은 위쪽 조종석에 있었지만 나머지 일행은 이곳에 있었다. 에지로와 히루네는 의자에 쓰러지듯 앉았다. 에지로는 얼이 빠진 듯했지만 히루네보다는 정신을 차리고 있었다. 히루네는 아무래도 의료시스템으로 들어가야 할 것 같았다. 미키는 거스를 세워놓았다. 그러자 모두가 잠시 거스를 바라보다가 다시 나를 보았다.

브라이스가 일어서서 공중에 뜬 디스플레이를 마주했다. 디스플레이에는 시설 위의 트랙터 배열을 센서로 본 모습이 나왔다.

"그래, 저거야. 어떤 물체가 트랙터 배열을 향해 날아가고 있어."

아베네가 굳은 표정을 지었다.

"우리는 저게 엔지니어링 포드에서 출발한 작업용 고속정이라고 생각해. 전투봇 한 대가 타고 있고."

내가 말했다.

"돈 아베네, 우리는 가능한 한 빨리 환승 정거장으

로 돌아가야 합니다. 트랙터 배열에 문제가 생기면
셔틀도 손상을 입을 수 있습니다."

그럴 수도 있을 것 같았다. 사실 잘 모른다. 그냥
그럴싸해보이는 말이었다.

미키가 내 피드에서 말했다.

**나는 나와 비슷한 봇과 이야기해본 적이 없어. 인간 친구는 있
었지만 나 같은 친구는 한 번도 없었어.**

나는 보안유닛 특유의 중립적인 표정을 유지하려
고 이를 악물어야 했다. 미키의 피드를 차단하고 싶
었지만, 인간들이 나를 해칠 음모를 꾸밀 경우에 대
비해 계속 감시하고 있어야 했다. (그게 편집증처럼 들
린다는 건 안다. 하지만 미키와 아베네는 내가 린 자문관을 만
들어냈다는 사실을 알고 있었고 나는 그 둘이 그게 보안유닛
의 행동으로서 얼마나 비정상적인 건지 아는 인간에게 말하기
전에 도망쳐야 했다.)

조종실에 있는 케이더가 통신으로 말했다.

"몇 분 안에 해치워야 해. 정말로 그렇게 할 거야?"

잠깐, 뭐라고? 나는 내 기록을 되돌려보았고 브라
이스가 이렇게 말하는 소리가 들렸다.

"셔틀로 부딪쳐서 고속정을 궤도에서 벗어나게 할 수 있어. 우리 차폐막이 선체를 보호해줄─"

에지로가 곁눈질로 디스플레이를 보며 말했다.

"하지만 고속정이 돌아와서 재시도하지 않을까?"

브라이스가 비행 경로에서 눈을 떼지 않은 채 고개를 저었다.

"저 고속정 모델의 제원을 찾아봤어. 시설 유지보수용이고 작동하려면 엔지니어링 포드와 피드로 연결이 되어 있어야 해. 우리가 밀어서 연결 범위 밖으로 내보내면 항법 제어를 잃을 거야."

오, 좋네. 그게 얼마나 걸릴 거라고?

그때쯤 나는 실시간 대화까지 따라잡았다. 인간들은 이미 그렇게 하기로 결정했고 구체적인 방법에 관해 논쟁 중이었다.

나는 그 자리에 서서 케이더가 셔틀을 고속정에 가까이 몰고 가는 동안 디스플레이에 표시된 빛나는 형체들을 보고 있었다. 솔직히 그동안 내가 일시정지해 두었던 드라마를 본 시간이 좀 더 길었다. (기껏해야 6분밖에 되지 않았지만 지루한 6분이었단 말이다. 으흠? 게다가 미키가 아베네 옆으로 가더니 슬픈 기색으로 서서 나를 바라보고 있었고 나는 그걸 무시하고 있었다. 아베네는 미키가 잃어버린 손 때문에 슬프다고 생각하고 계속 토닥이면서 정거장에 돌아가는 대로 고쳐주겠다고 이야기했다.)

(내게 위장이 없어서 토할 수 없다는 게 다행이었다.)

마침내 셔틀이 45초를 남긴 상황에서 고속정을 경로에서 밀어내며 트랙터 배열과 굿나잇랜더 인디펜던트의 투자를 극적으로 살려냈다. 오, 예. 인간들이 서로 축하의 말을 건넸다. 아베네와 브라이스는 히루네를 일으켜서 의료 유닛에게 데려갔다. 시설에는 아직 전투봇이 한 대 남아 있었지만 그건 우리가 알 바아닌 것 같았다. 셔틀은 경로를 바꿔 정거장으로 다시 향했고 이미 피드를 통해 내가 타고 온 우주선에 핑 신호를 보낼 수 있을 정도로 가까워졌다. 우주선은 내 신호에 응답했다. 여전히 나를 기다리고 있었다. 다행이었다.

그때 해치에서 철컹하는 소리가 들렸다.

우주 공간에 관해 많이 아는 건 아니지만 해치에 와서 부딪칠 게 없다는 건 거의 확실했다. 고속정에서 나온 파편일 수도 있었지만 나는 알았다. 그게 아니라는 걸 그냥 알았다. 나는 해치의 카메라를 확인했고 광각으로 잡은 전투봇의 얼굴이 보였다.

이어진 연결이 정거장 피드를 장악하고 일시적으로 내 채널을 모두 지워버렸다.

〔목표: 침입자를 죽인다〕

아, 젠장.

나는 전투봇을 내 피드에서 차단하고 외쳤다.

"비상입니다! 에어록의 균열이 임박했습니다!"

나는 해치 카메라의 이미지를 미키에게 보내고 미키를 통해 나머지 팀원들의 피드로도 보냈다. 인간들은 그대로 굳어버렸고 그 시간이 마치 영원처럼 느껴졌다. 인간들이 내 말을 믿지 않으려는 것 같은 느낌이었다. 하지만 나는 내가 실제로 온 신경을 집중해 일할 때 인간들이 얼마나 느리게 움직이는 것처럼 보이는지 잊고 있었다. 케이더가 선내 전체에 경보를 울렸고 에어록과 승무원 공간 사이에 있는 두 개의 내부 해치를 밀폐했다. 좋아. 1분, 아니 2분 정도는 벌 수 있겠군.

내가 아베네에게 말했다.

"전부 다 조종실로 데리고 가십시오."

그곳에는 해치가 하나 더 있었고 1분을 더 벌 수 있을지도 몰랐다. 나는 거스와 윌켄이 장비를 보관해 둔, 우리 바로 아래쪽에 있는 구역으로 가는 입구를 찾았다.

내가 입구에서 내려오고 있을 때 아베네가 "빨리, 빨리"라고 외치는 소리가 들렸다. 나는 팀 피드를 통해 셔틀이 정거장으로 향하고 있으며 비볼이 항구관리소에 우리가 지금 전투봇에 의해 산산조각이 날 판이라고 간략하게 설명하고 있다는 사실을 알고 있었다.

(솔직히 정거장 보안팀이라고 해도 할 수 있는 게 뭐가 있나 싶었다. 사실 나만큼이나 똥을 지리고 있을 거라고 확신했다. 물론 나는 비유적으로만이었지만.)

해치에 달린 카메라가 고맙게도 내게 바깥쪽 해치에 구멍이 뚫리는 모습을 보여주었다. 피드가 지직거리더니 죽어버렸다. 이제 전투봇은 안쪽 첫 번째 해치를 뚫고 있을 터였다. 나는 목적지에 도착했고 윌켄과 거스의 장갑과 대형 발사체 무기, 폭탄, 탄약이 들어 있던 텅 빈 상자 옆에 상자 하나가 남아 있는 모습이 보였다. 남아 있던 상자를 뜯자 보안문과 해치를 뚫을 때 쓰는 작은 폭탄 세트가 나왔다. 들어보니 비어 있는 듯한 가방이 있어서 그 안에 폭탄과 내가 등에 메고 있던 발사체 무기에 쓸 여분의 탄약을 쓸어 담았다. 내가 그걸 사용할 틈이 있을지 의문이었기 때문에 그다지 도움이 될 것 같지는 않았다. 어쩌면 괜찮은 전투봇 파괴용 무기를 찾을 수 있을지도 모른다는 희망을 품고 여기에 내려오느니 위치를 잡는 데 시간을 썼어야 할지도 몰랐다. 전투봇과 싸울 때는 그런 작은 실수 때문에 찢어발겨질 수도 있다.

피드에서 아베네와 브라이스가 히루네를 조종석이 있는 위쪽으로 들어 올려주는 소리가 들렸다. 에지로는 이미 올려놓은 상태였다.

미키가 내 피드에 말했다.

서둘러, 서둘러.

아베네는 미키에게 거스를 데려오라고 해서 미키는 거스를 들고 있었다. 전투봇이 승무원 구역을 가로막고 있는 해치를 두들겼다. 나는 똑바로 일어서서 몸을 돌렸다. 그때 평가팀의 장비 저장고가 보였다.

환경시험과 표본 채취 도구가 담긴 상자와 선반이 있었다. 그중 하나가 코어 절단기로 이유야 어쨌든 인간들이 필요할 경우 바위를 깔끔한 원통 모양으로 잘라내는 장비였다. 원래는 표본 채취 유닛에 붙이는 확장 도구였지만 아마도 미키가 힘이 세서 들고 사용할 수 있으니 가지고 온 것 같았다. 적절히 제어한 폭발성 절단기를 이용해 길이 1미터짜리 코어 막대를 추출하는 기다란 튜브였다.

나는 탄약 가방을 등에 짊어지고 선반에서 절단기를 집어 든 뒤 동력팩의 스위치를 올렸다. 그리고 입구를 통해 올라왔다.

내가 승무원 구역으로 돌아왔을 때 미키는 막 거스를 아베네 다음으로 올려놓고는 해치를 수동으로 밀폐하는 버튼을 눌렀다. 해치가 닫히자 미키가 몸을 돌렸다.

내가 말했다.

미키, 여기서 나가! 화물칸에 숨어!

아니야, 린.

미키가 말했다.

내가 도울게!

피드에서는 아베네가 미키에게 들어오라고 소리쳤다. 미키가 들어가겠다고만 하면 케이더에게 해치를 열라고 할 참이었다.

미키는 아베네에게 말했다.

내 친구들을 지키는 게 우선이야.

우선순위를 바꿔.

아베네가 보냈다.

너 자신을 보호하는 게 우선이야.

그 우선순위 변경은 거부야.

미키가 아베네에게 말했다.

코어 절단기에 동력이 들어왔고 내 피드에 접속해 내장된 경고와 쓸만한 설명서를 전해주었다. 오, 그래. 나는 안전장치를 풀고 싶었다. 물어봐줘서 고맙다.

코어 절단기를 미키에게 줘서 내가 시선을 끄는 동안 전투봇을 잡게 할 생각이었다. 하지만 전투봇이 해치를 날려버리며 별안간 우리가 있는 승무원 공간으로 들어왔다. 계획이나 전략을 짤 시간이 없었다.

전투봇은 내가 그곳에 있다는 사실을 알고 있었다. 녀석이 몸을 돌리며 절단기를 들어 올리고 있는 나를 향해 다가왔다. 미키가 조종실 입구를 보호하는 해치에 발을 대고 뛰어올랐다. 선실 안을 가로질러 날아간 미키의 몸이 떠 있는 디스플레이를 뚫고 전투봇의 머리를 향해 똑바로 날아갔다. 미키가 전투봇을 혼란스럽게 하려던 건지 아니면 윌켄을 공격한 전투봇에게 내가 비슷한 공격을 하는 것을 목격하고 그 기술을 따라 하려고 했던 건지는 아직도 모른다. 기압이 있던 선실의 공기가 복도를 따라 망가진 에어록을 통해 빠져나가면서 도약하는 미키에게 속도를 더 붙여주었다.

전투봇이 움직임을 포착하고 몸을 돌렸다. 팔 하나를 뻗어 들어 올리면서 미키의 몸통을 잡으려 했다. 나는 그 틈을 타서 달려들어 코어 절단기를 전투봇의 옆구리에 정확히 박았다. 바로 두뇌가 있는 곳이었다. 내가 절단기를 작동시켰다. 내 몸을 보호할 시간은 없었다. 반동이 나를 뒤로 날려 보냈고 3초 동안 내 시야가 어두워졌다.

　나는 갑판 위에 뻗어 있었다. 내가 피드에서 들을 수 있었던 건 조종석에서 인간들이 소리치는 소리, 항구관리소에서 인간들이 통신기에 소리치는 소리, 에어록의 균열 때문에 공기가 폭발적으로 빠져나갔다고 모두에게 알리는 셔틀의 비상 사이렌 소리뿐이었다. 코어 절단기가 내 위에 있었다. 나는 그것을 밀어내고 일어나 앉았다. 어느 시점에서인가 아베네가 분노하며 외치는 소리가 들렸다는 건 알지만 그게 언제인지는 확실하지 않았다.

　전투봇은 아직 서 있었다. 하지만 움직이지 않았고 관절이 굳은 채였다. 코어 절단기가 전투봇의 몸통을 관통하며 보호장갑과 전투봇의 프로세서를 깔끔하게 잘라낸 코어 막대를 뽑아냈다. 코어는 절단기 뒤쪽으로 튀어나와 갑판에 떨어져 있었다. 나는 내 머리를 때린 게 바로 그것이었음을 깨달았다. 설명서가 있었는데도 내가 잘못된 방법으로 들고 있었던 모양이었다.

미키는 전투봇 앞에 무너져 있었다. 뭔가 잘못되어 보였다. 나는 억지로 일어서서 미키가 얼마나 손상을 입었는지 살펴보다가 그만 얼어붙고 말았다. 뭔가 잘못되어 보인 건 미키의 가슴이 우그러졌기 때문이었다. 전투봇이 손에 한 번 힘을 준 것만으로 프로세서와 메모리 등 미키를 미키로 만들어준 모든 것은 고철로 변해버렸다.

✱ ✱ ✱

나는 그냥 갑판 위에 앉아 있었다. 셔틀이 정거장에 가까워졌다. 인간들은 조종석에서 항구관리소와 통신하고 있었다. 에어록에 구멍이 생기는 바람에 조종실 해치를 열 수가 없었다. 피드나 통신으로 나를 부르려는 시도에도 대꾸하지 않았다. 나는 여전히 내 카메라의 영상을 팀 피드에 보내고 있었으므로 인간들은 내 시점에서 싸움이 일어나는 상황과 미키의 마지막 순간을 목격했다. 내가 피드 연결을 끊기 전에 아베네가 흐느끼는 소리가 들렸다. 히루네가 아베네를 위로하고 있었고 나머지 인간들은 충격에 잠겨 중얼거렸다.

나도 인간만큼까지는 아니어도 공기가 필요하다. 어쩌면 공기가 부족해서 굼뜨고 단절된 느낌이 드는 건지도 몰랐다. 나는 정거장 피드를 이용해 다시 우주선에 핑 신호를 보냈고 정거장에서 나오라고 말했다. 그리고 랑데부 위치를 전송했다. 우주선의 차분한 응답이 기이하게 느껴졌다. 마치 모든 게 정상이고 아무런 끔찍한 일도 일어나지 않은 것 같았다.

비볼이 조종실 안쪽에서 해치를 두드리며 나를 불렀다.

"보안유닛, 거기 있어? 대답 좀 해줘!"

여기서 나가야 했다. 나는 일어서서 비상용 우주복 보관함으로 향하는 복도를 따라 걸었다. 제트 분사기가 달린 대피용 우주복을 입고 헬멧을 봉하면서 공기가 쏟아져 들어오자 좀 더 정신이 들었다. 나는 일부러 보관함을 연 채로 두고 다른 우주복의 걸쇠도 풀었다. 그러면 누가 우주복이 하나 없어진 것을 눈치채도 싸우는 도중에 걸쇠가 풀려서 우주복 한 벌이

다른 잡동사니와 함께 빨려 나갔다고 생각할 것이다. 나는 그 누군가가 나도 그렇게 됐다고 생각해주길 바랐다. 산산이 조각나서 에어록 밖으로 빨려 나갔다고. 이내 나는 복도를 따라 망가진 에어록으로 향했다. 그리고 밖으로 빠져나왔다.

이런 우주복을 사용해본 적은 없었지만(보통은 살인봇이 아무 감독 없이 우주에 떠다니게 두지 않는다) 내장된 설명서 피드가 아주 많은 도움이 됐다. 우주선이 도착했을 때쯤에는 프로처럼 능숙하게 분사기를 조종해 에어록으로 들어갈 수 있었다.

정거장에서는 내가 탄 우주선이 잠시 멈춰서 셔틀이 안전하게 항구관리소 자리에 정박할 수 있도록 지나가게 해준 것처럼 보일 터였다. 대피용 우주복을 입고 탈출한 보안유닛을 찾아 센서를 확인할 사람은 아무도 없어 보였다.

일단 에어록 안으로 들어와 우주선의 공조 시스템을 살짝 높이고 난 뒤에는 웜홀을 통과해 해브라튼 정거장으로 가는 통상적인 경로를 따라 운행하라고 우주선에게 말했다. 나는 우주복을 벗어 내가 상자에서 집어온 윌켄의 무기와 탄약 가방과 함께 던져두었다. 그리고 갑판에 앉아 추적기가 없는지 철저하게 장비를 검사했다.

아베네는 미키가 자기 자신을 구하는 것을 우선하도록 변경하려고 했지만 미키는 거부했다. 그건 아베네가 미키의 프로그램에 그 선택권, 위기 상황에서 스스로 판단할 수 있는 능력을 부여했다는 뜻이었다. 미키는 인간을 그리고 어쩌면 나를 구하는 일을 우선하기로 했다. 혹은 어쩌면 자신이 누구도 구하지 못한다는 사실을 알고 있었지만 내게 시도할 기회를 주려고 했던 것일지도 몰랐다. 어쩌면 내가 홀로 전투 봇을 상대하는 걸 원치 않았을지도 몰랐다. 무엇 때문이었는지는 이제 영영 알 수 없었다.

확실하게 아는 건 아베네가 정말로 미키를 사랑했다는 사실이었다. 여러모로 가슴 아픈 일이었다. 미키가 내 친구가 될 리는 없었다. 하지만 미키는 아베네의 친구였고 더 중요한 건 아베네가 미키의 친구였다는 사실이다. 위기의 순간에 아베네가 보인 즉각적인 반응은 미키에게 몸을 피하라는 말이었다.

가방 속의 폭탄과 탄약을 확인한 뒤 나는 밑바닥에서 비밀 주머니를 발견했다. 그 안에는 신분 표식 몇 개와 내가 팔에 넣어놓고 있는 것보다 더 크고 제조사도 다른 메모리 클립이 하나 있었다. 나는 힘겹게 몸을 똑바로 일으켜 화물선 콘솔에서 메모리 리더를 찾아냈다.

흠, 흥미로운 내용이었다.

나는 남의 일에 관심 갖는 것을 싫어한다. 그러나 한 번 그렇게 하고 나면 도무지 참을 수가 없는 모양이다.

지오 포드에서 얻은 데이터를 멘사 박사에게 전송하지 않기로 했다. 내가 직접 가져갈 생각이었다. 다시 돌아가는 것이다.

나는 바닥에 누워 〈거룩한 위성〉을 1화부터 보기 시작했다.

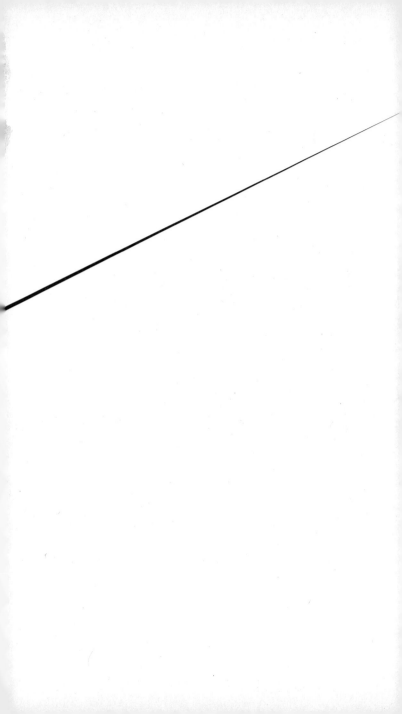

지은이..마샤 웰스 Martha Wells

SF, 판타지 소설 작가다. '머더봇 다이어리The Murderbot Diaries' 시리즈로 휴고상, 네뷸러상, 로커스상을 받으며 세계적인 SF 작가로 자리매김했다. 미국 텍사스A&M 대학교에서 인류학을 전공했다. 현실 사회의 복잡성을 세심하게 묘파해내는 작가로도 잘 알려져 있는데, 인류학을 전공한 작가의 학문적 배경 덕분이라는 평가가 있다. 2017년 월드판타지컨벤션World Fantasy Convention에서 발표한 SF, 판타지, 영화 등 미디어의 소외된 창작자에 대한 연설이 호응을 얻으며 이와 관련한 광범위한 논쟁을 촉발시키기도 했다.

1993년 첫 책《불의 요소The Element of Fire》를 출간하며 작가 활동을 시작했다. 네뷸러상 최종 후보에 오른 세 번째 소설《네크로멘서의 죽음The Death of the Necromancer》 이후 '라크수라의 책Books of the Raksura' 시리즈를 비롯해,《마법사 사냥꾼The Wizard Hunters》《무한의 바퀴Wheels of the Infinite》 등 다수의 소설과 논픽션을 펴냈고, SF 영화에 바탕을 둔 미디어 타이인 소설《스타게이트: 아틀란티스Stargate: Atlantis》《스타워즈: 면도날Star Wars: Razor's Edge》을 출간하기도 했다.

옮긴이..고호관

서울대학교 과학사 및 과학철학 협동과정에서 과학사로 석사 학위를 받았다. 동아사이언스에서 과학기자로 일했고, 현재는 SF와 과학 분야의 글을 쓰고 번역하고 있다.

지은 책으로는 SF 앤솔로지《아직은 끝이 아니야》(공저)와《우주로 가는 문 달》 등이 있고, 옮긴 책으로는《아서 클라크 단편 전집 1960-1999》《SF 명예의 전당 1: 전설의 밤》(공역)《신의 망치》 등이 있다.

불가능하고도 가능한 세계
포비든 플래닛 FORBIDDEN PLANET

머더봇 다이어리: 로그 프로토콜

1판 1쇄 찍음 2020년 11월 12일
1판 1쇄 펴냄 2020년 11월 27일

지은이 마샤 웰스
옮긴이 고호관
펴낸이 안지미
편집 유승재
교정 박소현
일러스트레이션 최성민
디자인 안지미 이은주
제작처 공간

펴낸곳 (주)알마
출판등록 2006년 6월 22일 제2013-000266호
주소 04056 서울시 마포구 신촌로4길 5-13, 3층
전화 02.324.3800 판매 02.324.2846 편집
전송 02.324.1144

전자우편 alma@almabook.com
페이스북 /almabooks
트위터 @alma_books
인스타그램 @alma_books

ISBN 979-11-5992-322-7 04800
ISBN 979-11-5992-246-6 (세트)

이 책의 내용을 이용하려면 반드시 저작권자와 알마 출판사의 동의를 받아야 합니다.

이 도서의 국립중앙도서관 출판예정도서목록CIP은 서지정보유통지원시스템 홈페이지http://seoji.nl.go.kr와 국가자료종합목록 구축시스템http://kolis-net.nl.go.kr에서 이용하실 수 있습니다. CIP제어번호: CIP2020047417

알마는 아이쿱생협과 더불어 협동조합의 가치를 실천하는 출판사입니다.

종이 표지_스노우화이트 120g/㎡ 본문_그린라이트 80g/㎡